Iwan Sergejewitsch Turgenjew

Der Bretteur

Иван Сергеевич Тургенев

Бретер

Turgenjew, Iwan Sergejewitsch/Тургенев, Иван Сергеевич

Der Bretteur/ Бретер

zweisprachige Ausgabe/двуязычное издание

ISBN: 978-3-86267-147-2

Auflage: 1
Erscheinungsjahr: 2011
Erscheinungsort: Bremen, Deutschland
Cover: Ausschnitt aus dem Gemälde „Im Wald" von Konstantin Somow.

Europäischer Literaturverlag GmbH, Fahrenheitstr. 1, 28359 Bremen (www.elv-verlag.de).

Der Bretteur

Бретер

www.elv-verlag.de

I

Das ...sche Kürassierregiment lag im Jahre 1829 im Kirchdorf Kirillowo, im K-schen Gouvernement im Quartier. Dieses Kirchdorf erschien mit seinen Bauernhütten und Getreideschobern, seinen grünen Hanffeldern und dünnen Silberweiden aus der Ferne wie eine Insel im unübersehbaren Meer der gepflügten, schwarzen Äcker. In der Mitte des Dorfes lag ein kleiner, immer mit Gänsegefieder bedeckter Weiher mit schmutzigen, an vielen Stellen aufgewühlten Ufern; hundert Schritte hinter dem Weiher, jenseits der Straße, erhob sich das hölzerne Herrenhaus, das seit Langem unbewohnt war und sich traurig auf eine Seite geneigt hatte; hinter dem Haus zog sich der verwilderte Garten hin; im Garten wuchsen alte, unfruchtbare Apfelbäume und hohe Birken voller Krähennester; am Ende der Hauptallee wohnte in einem kleinen Häuschen (der ehemaligen herrschaftlichen Badestube) der altersschwache Haushofmeister, der sich jeden Morgen aus alter Gewohnheit keuchend und hustend durch den Garten in die herrschaftlichen Gemächer schleppte, in denen es nichts zu bewachen gab außer einem Dutzend weißer, mit verschossenem Stoff überzogener Sessel, zwei bauchigen Kommoden auf geschwungenen Füßen mit Messingbeschlägen, vier alten Bildern und einem schwarzen Mohr aus Alabaster mit abgeschlagener Nase. Der Besitzer dieses Hauses, ein sorglos in den Tag lebender junger Mann, wohnte bald in Petersburg und bald im Ausland und hatte sein Gut gänzlich vergessen. Er hatte es vor etwa acht Jahren von einem uralten Onkel geerbt, der einst im ganzen Kreis wegen seiner Fruchtschnäpse berühmt gewesen war. Die leeren dunkelgrünen Flaschen lagen noch immer in den Vorratskammern zusammen mit allerlei Gerümpel, eng beschriebenen Heften in bunten Umschlägen, altertümlichen Glaslüstern, einer alten Adelsuniform aus den Tagen der Kaiserin Katharina, einem verrosteten Degen mit stählernem Korb usw. In einem der Flügel dieses Hauses wohnte nun der Oberst, ein verheirateter, groß gewachsener, wortkarger, düsterer und immer verschlafener Mann. Im andern Flügel hatte sich der Regimentsadjutant einquartiert, ein empfindsamer und parfümierter Offizier, großer Liebhaber von Blumen und Schmetterlingen.

I

…ий кирасирский полк квартировал в 1829 году в селе Кириллове, К-ской губернии. Это село с своими избушками и скирдами, зелеными конопляниками и тощими ракитами издали казалось островом среди необозримого моря распаханных черноземных полей. Посреди села находился небольшой пруд, вечно покрытый гусиным пухом, с грязными, изрытыми берегами; во ста шагах от пруда, на другой стороне дороги, высился господский деревянный дом, давно пустой и печально подавшийся набок; за домом тянулся заброшенный сад; в саду росли старые, бесплодные яблони, высокие березы, усеянные вороньими гнездами; на конце главной аллеи, в маленьком домишке (бывшей господской бане) жил дряхлый дворецкий и, покряхтывая да покашливая, каждое утро, по старой привычке, тащился через сад в барские покои, хотя в них нечего было стеречь, кроме дюжины белых кресел, обитых полинялым штофом, двух пузатых комодов на кривых ножках, с медными ручками, четырех дырявых картин и одного черного арапа из алебастра с отбитым носом. Владелец этого дома, молодой и беспечный человек, жил то в Петербурге, то за границей – и совершенно позабыл о своем поместье. Оно досталось ему лет восемь тому назад от престарелого дяди, известного некогда всему околотку своими отличными наливками. Пустые темно-зеленые бутыли до сих пор еще валялись в кладовой вместе с разным хламом, скупо исписанными тетрадями в пестрых переплетах, старинными стеклянными люстрами, дворянским мундиром времен Екатерины, заржавевшей шпагой с стальной рукояткой и т.д. В одном из флигелей помещался сам полковник, человек женатый, высокого роста, скупой на слова, угрюмый и сонливый. В другом флигеле жил полковой адъютант, чувствительный и раздушенный человек, охотник до цветов и до бабочек.

Die Gesellschaft der Herren Offiziere des ...schen Regiments unterschied sich durch nichts von jeder anderen Offiziersgesellschaft. Unter ihnen gab es gute und schlechte, kluge und hohle Menschen ...

Ein gewisser Stabsrittmeister Awdej Iwanowitsch Lutschkow galt als Kampfhahn. Lutschkow war klein gewachsen und ziemlich unansehnlich; er hatte ein kleines, trockenes Gesicht von gelber Hautfarbe, spärliche schwarze Haare, gewöhnliche Züge und dunkle kleine Augen. Er hatte seine Eltern früh verloren und war in Not und unter schlechter Behandlung aufgewachsen. Wochenlang verhielt er sich ruhig ... plötzlich aber begann er, als wäre ein Teufel in ihn gefahren, alle zu belästigen, anzuöden und allen frech in die Augen zu blicken; mit einem Wort – er provozierte Streit. Awdej Iwanowitsch mied übrigens seine Kameraden nicht, war aber nur mit dem parfümierten Adjutanten befreundet. Er spielte keine Karten und trank auch nicht.

Im Mai 1829, kurz vor Beginn der Übungen, kam ins Regiment der junge Kornett Fjodor Fjodorowitsch Kister, ein russischer Edelmann deutscher Abstammung, blond, sehr bescheiden, gebildet und belesen. Bis zu seinem zwanzigsten Lebensjahr hatte er im Elternhaus unter den Fittichen seiner Mutter, Großmutter und zweier Tanten gelebt; in den Militärdienst war er nur auf Wunsch seiner Großmutter getreten, die selbst im Alter keinen weißen Federbusch ohne Erregung sehen konnte ... Er diente ohne besondere Lust, tat aber seine Pflicht eifrig, pünktlich und gewissenhaft; er kleidete sich nicht stutzerhaft, doch sauber und vorschriftsmäßig. Gleich am ersten Tag nach seiner Ankunft meldete er sich bei den Vorgesetzten; dann machte er sich an die Einrichtung seiner Wohnung. Er hatte billige Tapeten, einige kleine Teppiche, Etageren und so weiter mitgebracht, tapezierte alle Wände und Türen, brachte einige Bretterverschläge an, ließ den Hof reinigen, Stall und Küche umbauen und bestimmte sogar einen eigenen Platz für eine Badewanne ... Eine ganze Woche arbeitete er daran; dafür war es später ein Vergnügen, ihn zu besuchen.

Общество офицеров …го полка не отличалось от всякого другого общества. В числе их были хорошие и дурные, умные и пустые люди…

Между ними некто Авдей Иванович Лучков, штабс-ротмистр, слыл бретером. Лучков был роста небольшого, неказист; лицо имел малое, желтоватое, сухое, волосы жиденькие, черные, черты лица обыкновенные и темные глазки. Он рано остался сиротой, вырос в нужде и загоне. По целым неделям вел он себя тихо… и вдруг – словно бес какой им овладеет – ко всем пристает, всем надоедает, всем нагло смотрит в глаза; ну так и напрашивается на ссору. Впрочем, Авдей Иванович не чуждался своих сослуживцев, но в дружбе состоял с одним только раздушенным адъютантом; в карты не играл и не пил вина.

В мае 1829 года, незадолго до начатия учений, прибыл в полк молодой корнет Федор Федорович Кистер, русский дворянин немецкого происхождения, очень белокурый и очень скромный, образованный и начитанный. Он до двадцатилетнего возраста жил в родительском доме под крылышками матушки, бабушки и двух тетушек; поступил же в военную службу единственно по желанию бабушки, которая даже под старость не могла без волнения видеть белый султан… Он служил без особенной охоты, но с усердием, точно и добросовестно исполнял долг свой; одевался не щеголевато, но чисто и по форме. В первый же день своего приезда Федор Федорович явился к начальникам; потом начал устраивать свою квартиру. Он привез с собою дешевенькие обои, коврики, полочки и т. д., оклеил все стены, двери, наделал разных перегородок, велел вычистить двор, перестроил конюшню, кухню, отвел даже место для ванны… Целую неделю хлопотал он; зато любо было потом войти в его комнату.

Vor den Fenstern stand ein sauberer Tisch mit allerlei Sächelchen; in einer Ecke befand sich eine Etagere mit Büchern und den Büsten von Schiller und Goethe; an den Wänden hingen Landkarten; vier Köpfchen nach Grévedon und ein Jagdgewehr; neben dem Tisch erhob sich eine schlanke Reihe langer Pfeifen mit sauber gehaltenen Mundstücken; im Vorzimmer lag ein Fußteppich; alle Türen schlossen; an den Fenstern hingen Gardinen. Im Zimmer Fjodor Fjodorowitschs atmete alles Ordnung und Sauberkeit. Wie anders war es bei seinen Kameraden! Zu manchem kann man nur mit Mühe durch einen schmutzigen Hof gelangen; im Vorzimmer schnarcht hinter einer zerfetzten, mit Sackleinwand überzogenen spanischen Wand der Bursche; auf dem Fußboden liegt faules Stroh; auf dem Herd ein Paar Stiefel und ein Scherben mit Wichse; im Wohnzimmer selbst steht ein mit Kreide beschriebener, defekter L'hombre-Tisch; auf dem Tisch zur Hälfte mit kaltem dunkelbraunem Tee gefüllte Gläser; an der Wand ein schmieriger, durchgedrückter Diwan; auf den Fensterbrettern Pfeifenasche ... In einem plumpen Polstersessel thront der Hausherr selbst, mit einem grasgrünen Schlafrock mit himbeerroten Plüschaufschlägen angetan, ein gesticktes Käppchen asiatischer Herkunft auf dem Kopfe; neben dem Hausherrn schnarcht abscheulich ein dicker, ganz unbrauchbarer Köter mit stinkendem Messinghalsband ...

Alle Türen stehen immer weit offen ...

Fjodor Fjodorowitsch gefiel seinen neuen Kameraden. Sie hatten ihn wegen seiner Gutmütigkeit, Bescheidenheit, Herzenswärme und herzlichen Neigung für »alles Schöne« lieb gewonnen, mit einem Worte für Eigenschaften, die sie bei einem andern Menschen vielleicht als unpassend empfunden hätten. Man nannte Kister »junges Mädchen« und behandelte ihn zärtlich und sanft. Nur Awdej Iwanowitsch allein sah ihn scheel an. Eines Tages nach dem Exerzieren ging Lutschkow mit leicht zusammengepressten Lippen und geblähten Nüstern auf ihn zu.

»Guten Tag, Herr Knaster!«

Kister sah ihn erstaunt an.

»Meine Hochachtung, Herr Knaster!« wiederholte Lutschkow.

»Ich heiße Kister, mein Herr.«

Перед окнами стоял опрятный стол, покрытый разными вещицами; в углу находилась полочка для книг с бюстами Шиллера и Гете; на стенах висели ландкарты, четыре греведоновские головки и охотничье ружье; возле стола стройно возвышался ряд трубок с исправными мундштуками; в сенях на полу лежал коврик; все двери запирались на замок; окна завешивались гардинами. Все в комнате Федора Федоровича дышало порядком и чистотой. То ли дело у других товарищей! К иному едва проберешься через грязный двор; в сенях, за облупившимися парусинными ширмами, храпит денщик; на полу – гнилая солома; на плите – сапоги и донышко банки, залитое ваксой; в самой комнате – покоробленный ломберный стол, исписанный мелом; на столе стаканы, до половины наполненные холодным темно-бурым чаем; у стены – широкий проломленный, замасленный диван; на окнах трубочный пепел... На неуклюжем и пухлом кресле восседает сам хозяин в шлафроке травяного цвета с малиновыми плисовыми отворотами и вышитой ермолке азиатского происхождения, а возле хозяина храпит безобразно толстый и негодный пес в вонючем медном ошейнике... Все двери всегда настежь...

Федор Федорович понравился своим новым товарищам. Они его полюбили за добродушие, скромность, сердечную теплоту и природную наклонность ко «всему прекрасному» – словом, за все то, что в другом офицере нашли бы, может быть, неуместным. Кистера прозвали красной девушкой и обращались с ним нежно и кротко. Один Авдей Иванович поглядывал на него косо. Однажды, после ученья, Лучков подошел к нему, слегка сжимая губы и расширяя ноздри.

– Здравствуйте, господин Кнастер. Кистер взглянул на него с недоумением.

– Мое почтение, господин Кнастер,– повторил Лучков.

– Меня зовут Кистер, милостивый государь.

»So, Herr Knaster?!«

Fjodor Fjodorowitsch wandte ihm den Rücken zu und ging nach Hause. Lutschkow blickte ihm mit spöttischem Lächeln nach.

Am nächsten Tag ging er gleich nach dem Exerzieren wieder auf Kister zu.

»Nun, wie geht es, Herr Kinderbalsam?«

Kister fuhr auf und blickte ihm gerade ins Gesicht. In den kleinen, galligen Augen Awdej Iwanowitschs leuchtete boshafte Freude.

»Ich meine Sie, Herr Kinderbalsam!«

»Mein Herr«, antwortete ihm Fjodor Fjodorowitsch, »ich finde Ihren Scherz dumm und deplatziert – hören Sie es? –, dumm und deplatziert.«

»Wann schlagen wir uns?« entgegnete Lutschkow ruhig.

»Wann Sie wollen, von mir aus morgen.«

Am andern Morgen schlugen sie sich. Lutschkow brachte Kister eine leichte Verwundung bei, ging darauf, zum größten Erstaunen der Sekundanten, auf den Verwundeten zu, drückte ihm die Hand und bat ihn um Verzeihung.

Kister musste zwei Wochen zu Hause sitzen; Awdej Iwanowitsch besuchte ihn einige Mal und freundete sich, als Fjodor Fjodorowitsch genesen war, mit ihm an. Ob ihm die Entschlossenheit des jungen Offiziers gefallen hatte, oder ob in seinem Herzen ein der Reue ähnliches Gefühl erwacht war, ist schwer zu entscheiden ... doch vom Tage des Duells an trennte sich Awdej Iwanowitsch fast nie von Kister und nannte ihn erst Fjodor und dann auch Fedja. In seiner Gegenwart war er immer wie verändert, doch – seltsamerweise – nicht zu seinem Vorteil. Milde und Sanftheit standen ihm nicht zu Gesicht. Sympathie konnte er ja doch in niemand wecken; so war einmal sein Schicksal! Er gehörte zu den Menschen, denen gleichsam das Recht, über die anderen zu herrschen, gegeben ist; doch die Natur versagte ihm jede Begabung – die notwendige Rechtfertigung eines solchen Rechts.

– Вот как-с, господин Кнастер.

Федор Федорович обернулся к нему спиной и пошел до» мой. Лучков с усмешкой посмотрел ему вслед.

На другой день он, тотчас после ученья, опять подошел к Кистеру.

– Ну, как вы поживаете, господин Киндербальзам? Кистер вспыхнул и посмотрел ему прямо в лицо. Маленькие, желчные глазки Авдея Ивановича засветились злобной радостью.

– Я с вами говорю, господин Киндербальзам!

– Милостивый государь,– отвечал ему Федор Федорович, я нахожу вашу шутку глупою и неприличною слышите ли? глупою и неприличною.

– Когда мы деремся? – спокойно возразил Лучков.

– Когда вы хотите…, хоть завтра.

На другое утро они дрались. Лучков легко ранил Кистера и, к крайнему удивлению секундантов, подошел к раненому, взял его за руку и попросил у него извиненья. Кистер просидел дома две недели; Авдей Иванович несколько раз заходил навестить больного, а по выздоровлении Федора Федоровича подружился с ним. Понравилась ли ему решительность молодого офицера, пробудилось ли в его душе чувство, похожее на раскаянье,– решить мудрено… но со времени поединка с Кистером Авдей Иванович почти не расставался с ним и называл его сперва Федором, потом и Федей. В его присутствии он делался иным человеком, и – странное дело! – не в свою выгоду. Ему не шло быть кротким и мягким. Сочувствия он все-таки возбуждать ни в ком не мог: уж такова была его судьба! Он принадлежал к числу людей, которым как будто дано право власти над другими; но природа отказала ему в дарованиях – необходимом оправдании подобного права.

Da er weder eine Bildung genossen hatte noch klug war, durfte er sich eigentlich nie demaskieren; vielleicht beruhte seine Erbitterung auch auf der Erkenntnis der Mängel seiner Erziehung und auf dem Wunsche, alles unter einer unveränderlichen Larve zu verbergen. Awdej Iwanowitsch hatte sich anfangs gezwungen, die Menschen zu verachten; und als er merkte, dass es gar nicht so schwer ist, sie einzuschüchtern, fing er an, sie tatsächlich zu verachten. Lutschkow machte es Vergnügen, durch sein bloßes Erscheinen jedes nicht ganz banale Gespräch zu unterbrechen.

Ich weiß nichts, ich habe nichts gelernt und habe auch für nichts Begabung, dachte er sich, also dürft auch ihr in meiner Anwesenheit nichts wissen und keine Begabung zeigen ...

Kister hatte ihn vielleicht dadurch gezwungen, aus seiner Rolle zu fallen, weil der Kampfhahn, bevor er ihn kennengelernt hatte, noch keinem einzigen wirklich »Ideal« veranlagten, das heißt einem uneigennützig und gutmütig seinen Träumen nachgehenden und darum nachsichtigen und nicht ehrgeizigen Menschen begegnet war.

Zuweilen kam Awdej Iwanowitsch des Morgens zu Kister, steckte sich eine Pfeife an und setzte sich still in einen Sessel. Vor Kister schämte er sich nicht seiner Unwissenheit; er verließ sich – und nicht vergebens – auf dessen deutsche Bescheidenheit.

»Nun«, fing er an, »was hast du gestern getrieben? Hast wohl gelesen, wie?«

»Ja, ich habe gelesen ...«

»Was hast du denn gelesen? Erzähl es mir, Bruder, erzähl es mal.« Awdej Iwanowitsch behielt den spöttischen Ton bis zuletzt.

»Ich las das ›Idyll‹ von Kleist, Bruder. Ach, ist das schön! Erlaube, dass ich dir einige Zeilen übersetze!« – Und Kister übersetzte mit großem Eifer; während Lutschkow mit gerunzelter Stirn und zusammengebissenen Zähnen aufmerksam zuhörte.

Не получив образования, не отличаясь умом, он не должен бы был разоблачаться; может быть, ожесточение в нем происходило именно от сознания недостатков своего воспитания, от желанья скрыть себя всего под одну неизменную личину. Авдей Иванович сперва заставлял себя презирать людей; потом заметил, что их пугнуть нетрудно, и действительно стал их презирать. Лучкову было весело прекращать одним появлением своим всякий не совсем пошлый разговор. «Я ничего не знаю и ничему не учился, да и способностей у меня нет, думал он про себя, так и вы ничего не знайте и не выказывайте своих способностей при мне...» Кистер, быть может, потому заставил Лучкова выйти наконец из своей роли, что до знакомства с ним бретер не встретил ни одного человека действительно «идеального», то есть бескорыстно и добродушно занятого мечтами, а потому снисходительного и не самолюбивого.

Бывало, Авдей Иванович придет поутру к Кистеру, закурит трубку и тихонько присядет на кресла. Лучков при Кистере не стыдился своего невежества; он надеялся – и недаром – на его немецкую скромность.

– Ну, что? – начинал он.– Что вчера поделывал? Читал небось, а?

– Да, читал...

– А что ж такое читал? Расскажи-ка, братец, расскажи-ка.– Авдей Иванович до конца придерживался насмешливого тона.

– Читал, брат, «Идиллию» Клейста. Ах, как хорошо! Позволь, я переведу тебе несколько строк. И Кистер с жаром переводил, а Лучков, наморщив лоб и стиснув губы, слушал внимательно...

»Ja, ja ...«, wiederholte er schnell, mit unangenehmem Lächeln. »Es ist schön, sehr schön ... Ich glaube, ich hab es schon einmal gelesen ... sehr schön ...

Sag mir bitte«, fuhr er gedehnt und gleichsam unwillig fort, »wie denkst du über Ludwig XIV.?«

Kister fing an, über Ludwig XIV. zu sprechen. Lutschkow aber hörte zu, verstand vieles gar nicht und manches falsch und entschloss sich zuletzt, eine Bemerkung zu machen ... Schweiß trat ihm auf die Stirn. Vielleicht sage ich etwas sehr Dummes? – dachte er sich. Er sagte auch oft Dummheiten, doch Kister wurde in seinen Entgegnungen niemals scharf: Der gute Jüngling freute sich, dass in einem Menschen das Streben nach Bildung erwachte.

Doch ach! Awdej Iwanowitsch fragte ihn gar nicht aus Lust nach Bildung aus, sondern einfach so, Gott weiß weshalb. Vielleicht wollte er selbst durch einen Versuch feststellen, was für einen Kopf er, Lutschkow, habe: einen stumpfen oder nur einen ungeschulten. – Ich bin im Grunde genommen dumm, sagte er sich mehr als einmal mit einem bitteren Lächeln; dann richtete er sich auf, blickte frech und herausfordernd um sich und lächelte boshaft, wenn er merkte, dass einer der Kameraden seinen Blicken auswich.

»Ja, mein Bester, du bist klug und gebildet ...«, flüsterte er durch die Zähne. »Willst du aber nicht ... Du weißt schon was...«

Die Herren Offiziere hielten sich über die so plötzlich geschlossene Freundschaft zwischen Kister und Lutschkow nicht sehr lange auf: Sie waren die seltsamen Launen des Kampfhahns gewöhnt.

»Da hat sich der Teufel mit einem Kindlein eingelassen!« sagten sie ...

Kister lobte überall seinen neuen Freund mit Begeisterung; man widersprach ihm nicht, weil man Lutschkow fürchtete; Lutschkow erwähnte in Gegenwart anderer niemals Kisters Namen, gab aber den Verkehr mit dem parfümierten Adjutanten auf.

– Да, да,– твердил он поспешно, с неприятной улыбкой,– хорошо… очень хорошо… Я, помнится, это читал… хорошо…

– Скажи мне, пожалуйста,– прибавлял он протяжно и как будто нехотя,– какого ты мнения о Людовике Четырнадцатом?

И Кистер пускался толковать о Людовике XIV. А Лучков слушал, многого не понимал вовсе, иное понимал криво… и наконец решался сделать замечание… Его бросало в пот; «Ну, если я совру?» – думал он. И действительно, врал он часто, но Кистер никогда резко не возражал ему: добрый юноша душевно радовался тому, что вот, дескать, в человеке пробуждается охота к просвещению. Увы! Авдей Иванович расспрашивал Кистера не из охоты к просвещению, а так, бог знает отчего. Может быть, он желал сам удостовериться на деле, какая у него, Лучкова, голова: тупая, что ли, или только необделанная? «А я ведь, в сущности, глуп», - говорил он самому себе не раз с горькой усмешкой и вдруг выпрямлялся весь, нахально и дерзко глядел кругом и злобно улыбался, если замечал, что какой-нибудь товарищ опускал свой взгляд перед его взглядом. «То-то, брат, ученый, воспитанный…- шептал он сквозь зубы,– не хочешь ли… того?»

Господа офицеры недолго толковали о внезапной дружбе Кистера с Лучковым: они привыкли к странностям бретера. «Связался же черт с младенцем!» - говорили они… Кистер повсюду с жаром выхвалял своего нового приятеля: с ним не спорили, потому, что боялись Лучкова; сам же Лучков никогда при других не упоминал имени Кистера, но перестал знаться с раздушенным адъютантом.

II

Die südrussischen Gutsbesitzer lieben es, Bälle zu geben, die Herren Offiziere einzuladen und sie mit ihren Töchtern zu verheiraten. Zehn Werst vom Dorfe Kirillowo entfernt lebte gerade so ein Gutsbesitzer, ein gewisser Herr Perekatow, der vierhundert leibeigene Seelen und ein recht geräumiges Haus besaß. Er hatte eine etwa achtzehnjährige Tochter, Maschenjka und eine Frau, Nenila Makarjewna. Herr Perekatow diente einst in der Kavallerie, hatte aber aus Liebe zum Landleben und aus Faulheit seinen Abschied genommen und sich einem ruhigen Leben hingegeben, wie es die mittleren Gutsbesitzer führen. Nenila Makarjewna stammte auf eine nicht ganz legitime Weise von einem sehr vornehmen Moskauer Herrn ab.

Ihr Beschützer hatte ihr in seinem Hause, was man so nennt, eine sorgfältige Erziehung gegeben, sich aber ihrer dann auf das erste Angebot hin recht schnell, wie einer unzuverlässigen Ware entledigt. Nenila Makarjewna war nicht hübsch; der vornehme Herr gab ihr nur zehntausend Rubel mit, und sie klammerte sich an den Herrn Perekatow. Dem Herrn Perekatow erschien es recht verführerisch, ein wohlerzogenes, kluges Mädchen zu heiraten – das schließlich auch mit dem vornehmen Würdenträger verwandt war.

Der Würdenträger zeigte dem jungen Paar auch nach der Hochzeit seine Gewogenheit, das heißt, er ließ sich von ihnen gesalzene Wachteln schenken und sprach Perekatow mit:»Du mein Bester«, und zuweilen auch einfach mit »Du« an.

Nenila Makarjewna bekam ihren Gatten ganz in ihre Gewalt und wirtschaftete und verwaltete das Gut durchaus selbstständig, übrigens in recht verständiger Weise; jedenfalls viel besser, als es Herr Perekatow verwaltet hätte. Sie bedrückte ihren Ehegenossen nicht zu sehr, hatte ihn aber ganz in ihrer Hand und bestellte ihm sogar seine Kleider, und zwar nach der englischen Mode. Auf ihren Befehl musste sich Herr Perekatow einen kleinen Kinnbart stehen lassen, der den Zweck hatte, eine große Warze in Gestalt einer überreifen Himbeere, die er am Kinn hatte, zu verdecken. Nenila Makarjewna erzählte aber den Gästen, dass ihr Mann die Flöte blase und dass alle Flötisten sich

II

Помещики южной России большие охотники давать балы, приглашать к себе на дом офицеров и выдавать своих дочерей замуж. В десяти верстах от села Кириллова жил именно такой помещик, некто господин Перекатов, владелец четырехсот душ и довольно просторного дома. У него была дочь лет восемнадцати, Машенька, и жена Ненила Макарьевна. Господин Перекатов служил некогда в кавалерии, но по любви к деревенской жизни, по лени вышел в отставку и начал жить себе потихоньку, как живут помещики средней руки. Ненила Макарьевна происходила не совершенно законным образом от знатного московского барина.

Покровитель ее воспитывал свою Ненилушку весьма, как говорится, тщательно, в собственном доме, но сбыл ее с рук довольно поспешно, по первому востребованию, как ненадежный товар. Ненила Макарьевна была нехороша собой; знатный барин давал за ней всего тысяч десять приданого; она ухватилась за господина Перекатова. Господину Перекатову показалось весьма лестным жениться на барышне воспитанной, умной… ну, да, наконец, все же состоявшей в родстве с знатным сановником. Сановник этот и после брака оказывал супругам свое покровительство, то есть принимал от них в подарок соленых перепелок и говорил Перекатову: «ты, братец», а иногда просто: «ты». Ненила Макарьевна совершенно завладела мужем, хозяйничала и распоряжалась всем именьем – весьма, впрочем, умно; во всяком случае гораздо лучше самого господина Перекатова. Она не слишком притесняла своего сожителя, но держала его в руках, сама заказывала ему платье и наряжала его по-английски, как оно и прилично помещику; по ее приказанию господин Перекатов завел у себя на подбородке эспаньолку для прикрытия большой бородавки, похожей на переспелую малину; Ненила Макарьевна, с своей стороны, объявила гостям, что муж ее играет на флейте и что все флейтисты под нижней губой отпускают себе

unter der Unterlippe ein Bärtchen stehen lassen, um das Instrument bequemer halten zu können.

Herr Perekatow war schon früh am Morgen mit einer hohen sauberen Halsbinde angetan, sorgfältig gekämmt und gewaschen. Im Übrigen war er mit seinem Los recht zufrieden; er bekam schmackhaftes Essen, tat alles, was er wollte, und schlief, soviel er konnte.

Nenila Makarjewna führte in ihrem Hause, wie es die Nachbarn nannten, »ausländische Sitten« ein: Sie hielt nur wenige Dienstboten und kleidete diese anständig. Der Ehrgeiz plagte sie: Sie wollte wenigstens eine Frau Kreisadelsmarschall werden; doch die Edelleute des ...schen Kreises aßen sich bei ihr zwar satt, wählten jedoch zum Adelsmarschall nicht ihren Gatten, sondern bald den Premier-Major a. D. Burkholz und bald den Seconde-Major a. D. Burundjukow. Herr Perekatow kam ihnen zu großstädtisch vor.

Die Tochter des Herrn Perekatow, Maschenjka glich dem Vater. Nenila Makarjewna widmete ihrer Erziehung viel Sorgfalt. Sie sprach gut französisch und spielte recht anständig Klavier. Sie war von mittlerem Wuchs, ziemlich voll und hatte einen weißen Teint; ihr etwas gar zu rundes Gesicht war von einem gutmütigen, heiteren Lächeln belebt; die dunkelblonden, nicht zu üppigen Haare, die braunen Augen und die angenehme Stimme weckten stilles Wohlgefallen, doch nicht mehr. Dafür musste man über den Mangel jeder Ziererei und Vorurteile, über die ungewöhnliche Belesenheit dieses in der Steppe aufgewachsenen, jungen Mädchens, über die Freiheit ihrer Ausdrucksweise und ihre einfache und ruhige Art zu sprechen und zu urteilen unwillkürlich staunen. Sie hatte sich ganz frei entwickelt: Nenila Makarjewna legte ihr keine Hindernisse in den Weg.

Eines Morgens gegen zwölf war die ganze Familie Perekatow im Salon versammelt. Der Gatte stand in einem rund zugeschnittenen grünen Frack, einer hohen, karierten Halsbinde, erbsenfarbenen Hosen und Stiefeletten vor dem Fenster und fing mit großem Eifer Fliegen. Die Tochter saß vor dem Stickrahmen; ihr kleines rundliches Händchen im schwarzen Halbhandschuh hob und senkte sich langsam und graziös über dem

волосы: ловчее держать инструмент. Господин Перекатов с утра ходил в высоком чистом галстуке, причесанный и вымытый. Впрочем, он был своей судьбой весьма доволен: обедал всегда очень вкусно, делал что хотел и спал сколько мог. Ненила Макарьевна завела, как говорили соседи, у себя в доме «иностранный порядок»: держала мало людей, одевала их опрятно. Честолюбие ее мучило; она хотела попасть хоть в уездные предводительши, но дворяне …го уезда хоть и наедались у ней всласть, однако ж все-таки выбирали не ее мужа, а то отставного премьер-майора Буркольца, то отставного секунд-майора Бурундюкова. Господин Перекатов казался им чересчур столичной штучкой.

Дочь господина Перекатова, Машенька, с лица походила на отца. Ненила Макарьевна много хлопотала над ее воспитанием. Она хорошо говорила по-французски, играла порядочно на фортепьянах. Она была среднего роста, довольно полна и бела; ее несколько пухлое лицо оживлялось доброй, веселой улыбкой; русые, не слишком густые волосы, карие глазки, приятный голосок – все в ней тихо нравилось, и только. Зато отсутствие жеманства, предрассудков, начитанность, необыкновенная в степной девице, свобода выражений, спокойная простота речей и взглядов невольно в ней поражали. Она развилась на воле; Ненила Макарьевна не стесняла ее.

Однажды поутру, часов в двенадцать, все семейство Перекатовых собралось в гостиную. Муж, в зеленом круглом фраке, высоком клетчатом галстуке и гороховых панталонах с штиблетами, стоял перед окном и с большим вниманием ловил мух. Дочь сидела за пяльцами; ее небольшая, полненькая ручка в черной митенке грациозно и медленно подымалась и опускалась над канвой.

Kanevas. Nenila Makarjewna saß auf dem Sofa und blickte schweigsam zu Boden.

»Haben Sie eine Einladung an das ...sche Regiment geschickt, Sergej Sergejewitsch?« fragte sie den Mann.

»Für heute Abend? Gewiss, ma chère! (Es war ihm untersagt, sie »Mütterchen« zu nennen.) Gewiss!«

»Es sind gar keine Kavaliere da«, fuhr Nenila Makarjewna fort. »Die jungen Mädchen wissen nicht, mit wem zu tanzen.«

Der Gatte seufzte, als ob der Mangel an Kavalieren ihn schwer bedrücke.

»Mamachen«, sagte plötzlich Mascha, »ist auch Monsieur Lutschkow eingeladen?« – »Was für ein Lutschkow?«

»Er ist auch Offizier. Man sagt, er sei sehr interessant.«

»Wieso?«

»Ja. Er ist weder hübsch noch jung, doch alle fürchten ihn. Er ist leidenschaftlicher Duellant. (Mamachen zog etwas die Brauen zusammen.) Ich würde ihn mal gerne sehen ...«

Sergej Sergejewitsch unterbrach seine Tochter: »Was gibt's da zu sehen, Herzchen? Du glaubst wohl, er sieht wie ein Lord Byron aus? (Um jene Zeit fing man bei uns eben an, über Lord Byron zu sprechen.) Unsinn! Auch ich galt einmal als Raufbold, Herzchen!«

Mascha blickte ihren Vater erstaunt an, lachte, sprang dann auf und küsste ihn auf die Wange. Die Gattin lächelte leise ... und Sergej Sergejewitsch hatte nicht gelogen.

»Ich weiß nicht, ob dieser Herr kommen wird«, sagte Nenila Makarjewna. »Vielleicht erweist auch er uns die Ehre.«

Die Tochter seufzte.

»Pass auf, verlieb dich nur nicht in ihn!« bemerkte Sergej Sergejewitsch. »Ich weiß, ihr seid jetzt alle so ... exaltiert...«

»Nein«, erwiderte Mascha einfach.

Ненила Макарьевна сидела на диване и молча посматривала на пол.

– Вы послали в …ий полк приглашение, Сергей Сергеич? – спросила она мужа.

– На сегодняшний вечер? Как же, ма шер, послал. (Ему запрещено было называть ее матушкой.) Как же!

– Совсем нет кавалеров,– продолжала Ненила Макарьевна.– Не с кем танцевать барышням.

Муж вздохнул, как будто отсутствие кавалеров его сокрушало.

– Маменька,– заговорила вдруг Маша,– мсье Лучков приглашен?

– Какой Лучков?

– Он тоже офицер. Он, говорят, очень интересен.

– Как так?

– Да; он собой не хорош и не молод, но его все боятся. Он ужасный дуэлист. (Маменька слегка нахмурила брови.) Я бы очень желала его видеть.

Сергей Сергеевич перебил свою дочку.

– Что тут видеть, душа моя? Ты думаешь, он так и смотрит лордом Байроном? (В то время только что начинали у нас толковать о лорде Байроне.) Пустяки! Ведь и я, душа моя, в кои-то веки слыл забиякой.

Маша посмотрела с изумлением на родителя, засмеялась, потом вскочила и поцеловала его в щеку. Супруга слегка улыбнулась… а Сергей Сергеич не солгал.

– Не знаю, приедет ли этот господин,– промолвила Ненила Макарьевна.– Может быть, и он пожалует. Дочка вздохнула.

– Смотри не влюбись в него,– заметил Сергей Сергеич.– Я знаю, вы все такие теперь… того… восторженные…

– Нет,– простодушно возразила Маша.

Nenila Makarjewna sah ihren Mann kühl an. Sergej Sergejewitsch spielte etwas verlegen mit seiner Uhrkette, nahm vom Tisch seinen englischen, weitkrempigen Hut und verließ das Haus, um nach der Wirtschaft zu sehen. Sein Hund lief ihm gehorsam und schüchtern nach. Als kluges Tier fühlte er, dass auch sein Herr in diesem Hause keine zu große Gewalt hatte, und er benahm sich daher bescheiden und vorsichtig.

Nenila Makarjewna ging auf die Tochter zu, hob ihr leise den Kopf und blickte ihr freundlich in die Augen. »Wirst du es mir sagen, wenn du dich verliebst?« fragte sie sie.

Mascha küsste der Mutter lächelnd die Hand und nickte einige Male bejahend mit dem Kopfe.

»Also Pass auf!« versetzte Nenila Makarjewna, streichelte ihr die Wange und folgte ihrem Mann aus dem Haus. Mascha lehnte sich im Sessel zurück, ließ den Kopf auf die Brust sinken, verschränkte die Finger und blickte lange mit zusammengekniffenen Augen aus dem Fenster; seufzend richtete sie sich wieder auf, versuchte zu sticken, ließ aber die Nadel fallen, stützte den Kopf in die Hand, biss sich in die Fingernägel und versank in Gedanken ... dann warf sie einen Blick auf ihre Schulter und auf ihre ausgestreckte Hand, stand auf, trat vor den Spiegel, lächelte, setzte sich den Hut auf und ging in den Garten.

Am gleichen Abend gegen acht begannen sich die Gäste zu versammeln. Frau Perekatow empfing und »unterhielt« überaus freundlich die verheirateten Damen, Maschenjka die jungen Mädchen, Sergej Sergejewitsch sprach mit den Gutsbesitzern von der Wirtschaft und schielte jeden Augenblick nach seiner Frau.

Nun erschienen einer nach dem andern die jungen Stutzer: die Offiziere, die absichtlich etwas später kamen, zuletzt der Herr Oberst in Begleitung seines Adjutanten, Kisters und Lutschkows. Er stellte sie der Dame des Hauses vor. Lutschkow machte eine stumme Verbeugung; Kister murmelte das übliche »Freut mich sehr ...« Herr Perekatow ging auf den Oberst zu, drückte ihm fest die Hand und blickte ihm mit Gefühl in die Augen. Der Oberst machte sofort ein finsteres Gesicht. Man begann zu tanzen. Kister forderte Maschenjka zum Tanz auf. Um jene Zeit blühte die *Écossaise*.

Ненила Макарьевна холодно посмотрела на своего мужа. Сергей Сергеич с некоторым замешательством поиграл часовой цепочкой, взял со стола свою английскую, с широкими полями, шляпу и отправился на хозяйство. Его собака робко и смиренно побежала вслед за ним. Как животное умное, она чувствовала, что и сам хозяин ее не слишком властный человек в доме, и вела себя скромно и осторожно.

Ненила Макарьевна подошла к дочери, тихонько подняла ей голову и ласково посмотрела ей в глаза. «Ты мне скажешь, когда ты влюбишься?» – спросила она.

Маша с улыбкой поцеловала руку матери и несколько раз утвердительно покачала головой.

– Смотри же,– заметила Ненила Макарьевна, погладила ее по щеке и вышла вслед за мужем. Маша прислонилась к спинке кресел, опустила голову на грудь, скрестила пальцы и долго глядела в окно, прищурив глазки... Легкая краска заиграла на свежих ее щеках; со вздохом выпрямилась она, принялась было шить, уронила иголку, оперла лицо на руку и, «легонько покусывая кончики ногтей, задумалась... потом взглянула на свое плечо, на свою протянутую руку, встала, подошла к зеркалу, усмехнулась, надела, шляпу и пошла в сад.

В тот же вечер, часов в восемь, начали съезжаться гости. Г-жа Перекатова весьма любезно принимала и «занимала» дам, Машенька – девиц; Сергей Сергеич толковал с помещиками о хозяйстве и то и дело взглядывал на жену. Начали появляться молодые франты, нарочно приехавшие попозже офицеры; наконец вошел сам г-н полковник, в сопровождении своего адъютанта, Кистера и Лучкова. Он представил их хозяйке. Лучков молча поклонился; Кистер пробормотал обычное: «Весьма рад...» Г-н Перекатов подошел к полковнику, крепко пожал ему руку и с чувством посмотрел ему в глаза. Полковник немедленно насупился. Начались танцы. Кистер пригласил Машеньку. В то время процветал еще экосез.

»Sagen Sie mir, bitte«, fragte Maschenjka, als sie, nachdem sie an die zwanzigmal bis ans Ende des Saales gehopst waren, sich endlich unter den ersten Paaren aufstellten, »warum tanzt Ihr Freund nicht?«

»Welcher Freund?«

Mascha wies mit dem Ende des Fächers auf Lutschkow.

»Er tanzt niemals«, entgegnete Kister.

»Warum ist er dann hergekommen?«

Kister wurde etwas verlegen. »Er wollte das Vergnügen haben ...«

Maschenjka unterbrach ihn. »Sie sind, glaube ich, erst vor Kurzem in unser Regiment versetzt worden?«

»In Ihr Regiment«, bemerkte Kister mit einem Lächeln. »Ja, vor Kurzem.«

»Langweilen Sie sich nicht?«

»Aber bitte ... Ich fand hier eine so angenehme Gesellschaft ... und erst die Natur! ...« Kister begann die Schönheiten der Natur zu schildern. Mascha hörte ihm zu, ohne den Kopf zu heben.

Awdej Iwanowitsch stand in der Ecke und musterte gleichgültig die Tanzenden.

»Wie alt ist Herr Lutschkow?« fragte sie plötzlich.

»Ich glaube ... so an die fünfunddreißig«, antwortete Kister.

»Man sagt, er sei ein gefährlicher ... zorniger Mensch«, fuhr Mascha eilig fort.

»Er ist etwas aufbrausend ... doch im Übrigen ein guter Kerl.«

»Man sagt, alle fürchten ihn?«

Kister lachte.

»Und Sie?«

»Wir sind Freunde.«

»Wirklich?«

– Скажите мне, пожалуйста,– сказала ему Маша, когда, проскакав раз двадцать до конца залы, они стали наконец в первые пары,– отчего ваш приятель не танцует?

- Какой приятель?

Маша концом веера указала на Лучкова.

– Он никогда не танцует, - возразил Кистер.

– Зачем же он приехал? Кистер немного смешался. Он желал иметь удовольствие…

Машенька его перебила: вы, кажется, недавно переведены в наш полк?

– В ваш полк, - заметил с улыбкой Кистер, - нет, недавно.

– Вы здесь не скучаете?

Помилуйте … Я здесь нашел такое приятное общество… а природа!..– Кистер пустился в описание природы. Маша слушала его, не поднимая головы. Авдей Иванович стоял в углу и равнодушно посматривал на танцующих.

– Сколько лет господину Лучкову? - спросила она вдруг.

– Лет… лет тридцать пять, я думаю,– возразил Кистер.

Он, говорят, человек опасный… сердитый,– поспешно прибавила Маша.

– Он немного вспыльчив… но, впрочем, он очень хороший человек.

– Говорят, все его боятся? Кистер засмеялся.

– А вы?

– Мы с ним приятели.

– В самом деле?

»Sie, Sie sind jetzt dran!« rief man ihnen von allen Seiten zu. Sie fuhren zusammen und fingen wieder an, seitwärts durch den ganzen Saal zu hopsen.

»Nun, ich gratuliere!« sagte Kister zu Lutschkow nach dem Tanz. »Die Tochter des Hauses hat mich die ganze Zeit über dich ausgefragt.«

»Nein wirklich?« entgegnete Lutschkow verächtlich.

»Mein Ehrenwort! Sie ist aber doch recht hübsch, schau sie dir nur an.«

»Welche ist es denn?«

Kister zeigte ihm Mascha.

»Ah! Nicht übel!« Lutschkow gähnte.

»Du kalter Mensch!« rief Kister aus und lief davon, um ein anderes junges Mädchen zum Tanze aufzufordern.

Die von Kister mitgeteilte Nachricht gefiel Awdej Iwanowitsch recht gut, wenn er auch gähnte, und sogar laut gähnte. Ein Interesse geweckt zu haben, schmeichelte seinem Ehrgeiz; die Liebe verachtete er – in seinen Reden; innerlich aber fühlte er selbst, wie schwer und mühselig es sei, in jemand Liebe zu wecken, doch sehr leicht und einfach, sich gleichgültig, schweigsam und hochmütig zu stellen. Awdej Iwanowitsch war unschön und nicht mehr jung; dafür genoss er einen unheimlichen Ruf, folglich hatte er ein Recht, stolz zu tun. Er war die bitteren und stummen Wonnen der finsteren Einsamkeit gewohnt. Es war nicht das erste Mal, dass er das Interesse von Frauen weckte; manche hatten sich sogar bemüht, ihn intimer kennenzulernen, er stieß sie aber durch erbitterten Trotz zurück. Er wusste, dass Zärtlichkeit ihm nicht zu Gesicht stand (bei einem Stelldichein oder einem Geständnis war er immer erst unbeholfen und banal und wurde dann vor lauter Ärger grob, in einer beinahe abgeschmackten und verletzenden Weise); er erinnerte sich, dass sich die zwei oder drei Frauen, mit denen er einst bekannt gewesen war, schon in den ersten Augenblicken einer näheren Bekanntschaft gegen ihn abkühlten und sich eilig zurückzogen.

Darum entschloss er sich, ein Rätsel zu bleiben und das, was ihm das Schicksal versagt hatte, zu verachten – eine andere

– Вам, вам, вам, - кричали им со всех сторон. Они встрепенулись и пустились опять скакать боком чрез всю залу.

– Ну, поздравляю тебя,– сказал Лучкову Кистер, подходя к нему после танца,– хозяйская дочь то и дело расспрашивала меня о тебе.

– Неужели? – презрительно возразил Лучков.

– Честный человек! А ведь она очень собой хороша; посмотри-ка.

– А какая из них она? Кистер указал ему Машу.

– А! недурна! – И Лучков зевнул.

– Холодный человек! – воскликнул Кистер и побежал приглашать другую девицу.

Авдею Ивановичу очень понравилось известие, сообщенное Кистером, хоть он и зевнул, и даже громко зевнул. Возбуждать любопытство – сильно льстило его самолюбию; любовь он презирал – на словах... а внутренне чувствовал сам, что трудно и хлопотно заставить полюбить себя. Трудно и хлопотно заставить полюбить себя; но весьма легко и просто прикидываться равнодушным, молчаливым гордецом. Авдей Иванович был дурен собою и немолод; но зато пользовался страшной славой – и, следовательно, имел право рисоваться. Он привык к горьким и безмолвным наслаждениям угрюмого одиночества; не в первый раз обращал он на себя внимание женщин; иные даже старались сблизиться с ним, но он их отталкивал с ожесточенным упрямством; он знал. что не к лицу ему нежность (в часы свиданий, откровений он становился сперва неловким и пошлым, а потом, с досады, грубым до плоскости, до оскорбления); он помнил, что две-три женщины, с которыми он некогда знался, охладели к нему тотчас после первых мгновений ближайшего знакомства и сами с поспешностью удалились от него... а потому он и решился наконец оставаться загадкой и презирать то, в чем судьба отказала ему... Другого презрения люди вообще, кажется, не зна-

Verachtung kennen die Menschen anscheinend gar nicht. Jede aufrichtige, unwillkürliche, das heißt, schöne und gute Äußerung der Leidenschaft stand Lutschkow nicht zu Gesicht; er musste sich ständig beherrschen, selbst in seinem Zorn. Nur Kister allein konnte es ohne Ekel ertragen, wenn Lutschkow in sein schallendes Gelächter ausbrach. In den Augen des gutmütigen Deutschen leuchtete edle Freude der Sympathie, wenn er Awdej seine Lieblingsseiten aus Schiller vorlas; der Kampfhahn saß vor ihm, den Kopf düster gesenkt, wie ein Wolf ...

Kister tanzte, bis er beinahe umfiel; Lutschkow verließ seine Ecke nicht, runzelte die Brauen, warf ab und zu verstohlene Blicke auf Mascha und nahm, wenn sich ihre Blicke trafen, sofort einen gleichgültigen Ausdruck an.

Mascha tanzte an die dreimal mit Kister. Der begeisterte Jüngling hatte in ihr Vertrauen geweckt. Sie plauderte mit ihm lustig, im Herzen aber hatte sie ein unbehagliches Gefühl: Lutschkow interessierte sie.

Die Töne einer Mazurka dröhnten durch den Saal. Die Offiziere fingen an zu hopsen, mit den Absätzen zu klappern und die Epauletten mit den Schultern emporzuwerfen; auch die Zivilisten klapperten mit den Absätzen.

Lutschkow rührte sich noch immer nicht von seinem Platz und verfolgte langsam mit den Augen die vorbeihuschenden Paare.

Jemand zupfte ihn am Ärmel ... er sah sich um; sein Nachbar zeigte auf Mascha. Sie stand mit gesenkten Augen vor ihm und streckte ihm die Hand entgegen.

Lutschkow blickte sie erst verständnislos an, schnallte dann gleichgültig seinen Palasch ab, warf den Federhut auf den Boden, bahnte sich ungeschickt den Weg zwischen den Sesseln, nahm Mascha bei der Hand und machte eine Runde, ohne zu hopsen und zu trampeln, als erfülle er unwillig eine unangenehme Pflicht ... Mascha hatte heftiges Herzklopfen.

»Warum tanzen Sie nicht?« fragte sie ihn schließlich.

»Ich bin kein Liebhaber vom Tanzen«, antwortete Lutschkow. »Wo ist Ihr Platz?«

»Dort drüben.«

ют. Всякое откровенное, непроизвольное, то есть доброе, проявление страсти не шло к Лучкову; он должен был постоянно сдерживать себя, даже когда злился. Одному Кистеру не становилось гадко, когда Лучков заливался хохотом; глаза доброго немца сверкали благородной радостью сочувствия, когда он читал Авдею любимые страницы из Шиллера, а бретер сидел перед ним, понурив голову, как волк…

Кистер танцевал до упаду. Лучков не покидал своего уголка, хмурил брови, изредка украдкой взглядывал на Машу – и, встретив ее взоры, тотчас придавал глазам своим равнодушное выражение. Маша раза три танцевала с Кистером. Восторженный юноша возбудил ее доверенность. Она довольно весело болтала с ним, но на сердце ей было неловко. Лучков занимал ее.

Загремела мазурка. Офицеры –пустились подпрыгивать, топать каблуками и подбрасывать плечами эполеты; статские тоже топали каблуками. Лучков все не двигался с своего места и медленно следил глазами за мелькающими парами. Кто-то тронул его рукав… он оглянулся; его сосед указывал ему на Машу. Она стояла перед ним, не поднимая глаз, и протягивала ему руку. Лучков сперва посмотрел на нее с недоумением, потом равнодушно снял палаш, бросил шляпу на пол, неловко пробрался между кресел, взял Машу за руку – и пошел вдоль круга, без припрыжек и топаний, как бы нехотя исполняя неприятный долг… У Маши сильно билось сердце.

– Отчего вы не танцуете?– спросила она его наконец.

– Я не охотник,– отвечал Лучков.– Где ваше место?

– Вон там-с.

Lutschkow geleitete Mascha zu ihrem Stuhl, verneigte sich ruhig und kehrte ebenso ruhig in seine Ecke zurück ... doch in ihm regte sich schon lustig die Galle.

Kister forderte Mascha wieder zum Tanz auf.

»Wie sonderbar ist doch Ihr Freund!«

»Er scheint Sie sehr zu interessieren ...« sagte Fjodor Fjodorowitsch, indem er seine blauen, gutmütigen Augen schelmisch zusammenkniff.

»Ja ... er ist wohl sehr unglücklich.«

»Er ist unglücklich? Woraus schließen Sie das?« Und Fjodor Fjodorowitsch fing zu lachen an.

»Sie wissen nicht ... Sie wissen nicht ...« Mascha schüttelte ernst den Kopf.

»Wie sollte ich es nicht wissen?«

Mascha schüttelte wieder den Kopf und sah Lutschkow an. Awdej Iwanowitsch bemerkte diesen Blick, zuckte unauffällig die Achseln und ging in ein anderes Zimmer.

III

Seit jenem Abend waren einige Monate vergangen. Lutschkow hatte die Perekatows kein einziges Mal besucht. Kister besuchte sie dafür recht oft. Nenila Makarjewna hatte ihn lieb gewonnen; sie war es aber nicht, die Fjodor Fjodorowitsch anzog. Mascha gefiel ihm. Als unerfahrener Mensch, der noch viel Unausgesprochenes auf dem Herzen hatte, fand er viel Vergnügen am Austausch der Empfindungen und Gedanken und glaubte gutmütig an die Möglichkeit einer erhabenen und ruhigen Freundschaft zwischen einem jungen Mann und einem jungen Mädchen.

Eines Tages brachte ihn ein Dreigespann wohlgenährter und schneller Pferde vor das Haus des Herrn Perekatow. Es war ein schwüler und heißer Sommertag. Kein Wölkchen stand am Himmel. Das Blau war am Horizont so tief, dass das Auge es für eine Gewitterwolke hielt. Das Haus, das Herr Perekatow für den Sommeraufenthalt mit der den Steppenbewohnern eigenen Umsicht erbaut hatte, kehrte die Fenster der Sonne zu. Nenila

Лучков довел Машу до ее стула, спокойно поклонился ей, спокойно вернулся в свой угол… но весело в нем шевельнулась желчь.

Кистер пригласил Машу.

– Какой ваш приятель странный!

– А он вас очень занимает …– сказал Федор Федорович, плутовски прищурив свои голубые и добрые глаза.

– Да… он, должно быть, очень несчастлив.

– Он несчастлив? С чего вы это взяли? – И Федор Федорович засмеялся.

– Вы не знаете… Вы не знаете…– Маша важно покачала головой.

– Да как же мне не знать?..

Маша опять покачала головой и взглянула на Лучкова. Авдей Иванович заметил этот взгляд, пожал незаметно плечами и вышел в другую комнату.

III

Прошло несколько месяцев с того вечера. Лучков ни разу не был у Перекатовых. Зато Кистер посещал их довольно часто. Ненила Макарьевна его полюбила, но не она привлекала Федора Федоровича. Маша ему нравилась. Как человек неопытный и невыболтавшийся, он находил большое удовольствие в обмене чувств и мыслей и добродушно верил в возможность возвышенной и спокойной дружбы между молодым человеком и молодой девушкой.

Однажды тройка сытых и резвых лошадок примчала его к дому г-на Перекатова. День был летний, душный и знойный. Нигде ни облака. Синева неба по краям сгущалась до того, что глаз принимал ее за грозовую тучу. Дом, построенный г-м Перекатовым на летнее жительство с обыкновенной степной предусмотрительностью, был обращен окнами прямо на солнце.

Makarjewna hatte schon am Morgen befohlen, alle Fensterladen zu schließen.

Kister trat in den kühlen, halbdunklen Salon. Das Licht legte sich auf den Fußboden in langen und auf die Wände in dichten, kurzen Streifen. Die Familie Perekatow empfing Fjodor Fjodorowitsch mit großer Freundlichkeit. Nach dem Mittagessen zog sich Nenila Makarjewna ins Schlafzimmer zurück, um auszuruhen; Herr Perekatow machte es sich im Salon auf dem Sofa bequem; Mascha setzte sich ans Fenster vor den Stickrahmen.

Kister nahm ihr gegenüber Platz. Mascha lehnte sich mit der Brust an den Stickrahmen, den sie gar nicht aufgeklappt hatte, und stützte den Kopf in die Hände. Kister begann ihr etwas zu erzählen; sie hörte ihm ohne Aufmerksamkeit zu, als erwarte sie etwas, blickte ab und zu auf den Vater und streckte plötzlich ihre Hand aus.

»Hören Sie, Fjodor Fjodorowitsch –; sprechen Sie aber leise... Papachen ist eingeschlafen.«

Herr Perekatow war in der Tat, wie gewöhnlich auf dem Sofa sitzend, den Kopf zurückgeworfen und den Mund ein wenig geöffnet, eingeschlafen.

»Was wünschen Sie?« fragte Kister neugierig.

»Sie werden mich auslachen.«

»Aber ich bitte Sie! ...«

Mascha senkte den Kopf, sodass nur die obere Hälfte ihres Gesichtes sichtbar war, und fragte ihn mit gedämpfter Stimme, nicht ohne Verwirrung, warum er niemals Herrn Lutschkow mitbringe. Es war seit jenem Ball nicht das erste Mal, dass Mascha seinen Namen erwähnte ...

Kister schwieg. Mascha blickte ängstlich hinter dem zugeklappten Rahmen hervor.

»Darf ich Ihnen meine aufrichtige Meinung sagen?« fragte Kister.

»Warum denn nicht? Selbstverständlich!«

»Ich glaube, Lutschkow hat einen starken Eindruck auf Sie gemacht!«

Ненила Макарьевна с утра велела затворить все ставни. Кистер вошел в гостиную, прохладную и полумрачную. Свет ложился длинными чертами по полу, короткими и частыми полосками по стенам. Семейство Перекатовых ласково встретило Федора Федоровича. После обеда Ненила Макарьевна отправилась на отдых к себе в спальню; Перекатов уместился в гостиной на диване; Маша села подле окна за пяльцы; Кистер против нее. Маша, не раскрывая пялец, слегка приложилась к ним грудью и подперла голову руками. Кистер начал ей что-то рассказывать; она слушала его без внимания, как будто ждала чего-то, изредка взглядывала на отца и вдруг протянула руку.

– Послушайте, Федор Федорович... да только говорите потише... папенька заснул.

Действительно, г-н Перекатов, по обыкновению, заснул, сидя на диване, закинув голову и раскрыв немного рот.

– Что вам угодно? – с любопытством спросил Кистер.

– Вы будете надо мной смеяться.

– Помилуйте!..

Маша опустила голову, так что только верхняя часть ее лица осталась не закрытой руками, и вполголоса, не без замешательства, спросила Кистера: отчего он никогда не привезет с собой г-на Лучкова? Маша не в первый раз упоминала о нем после бала... Кистер молчал. Маша боязливо выглянула из-за переплетенных пальцев.

– Могу ли я откровенно сказать вам мое мнение? – спросил ее Кистер.

– Отчего же нет? разумеется.

– Мне кажется, Лучков произвел на вас большое впечатление!

»Nein!« antwortete Mascha und beugte sich, als wollte sie das Stickmuster näher betrachten; ein schmaler, goldener Lichtstreif legte sich auf ihr Haar. »Nein ... aber ...«

»Was, aber?« versetzte Kister lächelnd.

»Sehen Sie«, sagte Mascha und hob plötzlich den Kopf, sodass der Lichtstreif ihr direkt auf die Augen fiel. »Sehen Sie... er...«

»Er interessiert Sie ...«

»Nun ... ja ...« sagte Mascha langsam. Sie errötete, wandte den Kopf ein wenig auf die Seite und fuhr in dieser Stellung fort: »An ihm ist etwas ... Sie lachen mich aber aus ...« fügte sie plötzlich mit einem schnellen Blick auf Fjodor Fjodorowitsch hinzu.

Fjodor Fjodorowitsch lächelte das sanfteste Lächeln.

»Ich sage Ihnen alles, was mir einfällt«, fuhr Mascha fort. »Ich weiß, Sie sind mein ... (sie wollte sagen: Freund) guter Bekannter.«

Kister neigte den Kopf. Mascha schwieg eine Weile und reichte ihm schüchtern die Hand; Fjodor Fjodorowitsch drückte ihr respektvoll die Fingerspitzen.

»Er ist wohl ein großer Sonderling«, versetzte Mascha und lehnte sich wieder gegen den Stickrahmen.

»Ein Sonderling!«

»Gewiss. Er interessiert mich ja auch nur als ein Sonderling!« fügte Mascha schelmisch hinzu.

»Lutschkow ist ein edler, ungewöhnlicher Mensch«, entgegnete Kister mit großem Ernst. »In unserm Regiment kennt man ihn gar nicht, man schätzt ihn nicht nach Gebühr, man sieht nur seine Außenseite. Gewiss, er ist verbittert, sonderbar, ungeduldig, aber er hat ein gutes Herz.«

Mascha lauschte gierig den Worten Fjodor Fjodorowitschs.

»Ich will ihn zu Ihnen bringen. Ich werde ihm sagen, dass man Sie nicht zu fürchten braucht, dass seine Menschenscheu lächerlich sei ... Ich werde ihm sagen ... Oh, ich weiß schon, was ich ihm sagen werde! ... Das heißt, glauben Sie nur nicht, dass

– Нет! –отвечала Маша и нагнулась, как бы желая рассмотреть поближе узор; узкая золотая полоска света легла ей на волосы,– нет… но…

– Что но? – проговорил Кистер с улыбкой.

– Вот видите ли,– сказала Маша и приподняла вдруг голову, так что полоска пришлась ей прямо на глаза,– вот видите ли… он…

– Он вас занимает…

– Ну… да…– сказала Маша с расстановкой, покраснела, отвернула немного голову в сторону и в таком положении продолжала говорить,– в нем есть что-то такое… Ведь вот вы смеетесь надо мной,– прибавила она вдруг, быстро взглянув на Федора Федоровича.

Федор Федорович улыбался самой кроткой улыбкой.

– Я вам все говорю, что только мне вздумается,– продолжала Маша,– я знаю, что вы мой… (она хотела было сказать «друг») хороший приятель.

Кистер наклонился. Маша помолчала и робко протянула ему руку; Федор Федорович почтительно пожал кончики ее пальцев.

– Он, должно быть, большой чудак,– заметила Маша и опять облокотилась на пяльцы.

– Чудак?

– Конечно; он меня и занимает как чудак! - хитро прибавила Маша.

– Лучков – благородный, замечательный человек,– с важностью возразил Кистер.– Его не знают у нас в полку, не ценят, видят в нем только наружную сторону. Конечно, он ожесточен, странен, нетерпелив, но сердце у него доброе.

Маша жадно слушала Федора Федоровича.

– Я его привезу к вам. Я скажу ему, что вас бояться нечего, что смешно ему дичиться… Я ему скажу… О! да я уже знаю, что сказать… То есть вы, однако ж, не думайте,

ich ...« Kister wurde verlegen; auch Mascha wurde verlegen. »Schließlich gefällt er Ihnen doch nur so...«

»Gewiss, wie mir auch viele andere gefallen.«

Kister sah sie schelmisch an.

»Schön, schön«, sagte er mit zufriedener Miene. »Ich will ihn herbringen.«

»Aber nein...«

»Ich sage Ihnen ja, dass alles gut sein wird. Ich werde es schon machen.«

»Was sind Sie für ein ...« versetzte Mascha mit einem Lächeln und drohte ihm mit dem Finger. Herr Perekatow gähnte und schlug die Augen auf.

»Ich glaube, ich habe geschlafen«, murmelte er erstaunt. Diese Frage und dieses Erstaunen wiederholten sich jeden Tag. Mascha und Kister brachten das Gespräch auf Schiller.

Fjodor Fjodorowitsch fühlte sich jedoch nicht recht behaglich; in ihm regte sich gleichsam der Neid ... und er war voll edler Entrüstung über sich selbst.

Nenila Makarjewna kam in den Salon. Man brachte Tee. Herr Perekatow ließ seinen Hund einige Mal über einen Stock springen und erklärte nachher, dass er es ihm selbst beigebracht habe, während der Hund höflich mit dem Schweife wedelte, sich die Schnauze leckte und mit den Augen zwinkerte. Als die Hitze endlich abnahm und ein leiser Abendwind sich erhob, begab sich die ganze Familie Perekatow in das Birkenwäldchen, um ein wenig zu spazieren.

Fjodor Fjodorowitsch blickte Mascha jeden Augenblick an, als wollte er ihr sagen, dass er ihren Auftrag ganz gewiss ausführen werde. Mascha ärgerte sich über sich selbst, und es war ihr zugleich lustig und unheimlich zumute. Kister begann ganz unvermittelt recht hochtrabend über die Liebe im Allgemeinen und über die Freundschaft zu sprechen ... als er aber die beobachtenden heiteren Blicke Nenila Makarjewnas gewahrte, wechselte er plötzlich das Thema.

Das Abendrot leuchtete in grellen, reichen Farben. Vor dem Birkenwäldchen lag eine große ebene Wiese. Mascha bekam plötzlich Lust, »Gorjelki« zu spielen.

чтоб я…- Кистер смешался; Маша тоже смешалась…-Да и, наконец, ведь он только вам так… нравится…

– Ну, конечно, как многие мне нравятся.

Кистер плутовски посмотрел на нее.

– Хорошо, хорошо,- промолвил он с довольным видом,- я вам его привезу…

– Да нет…

– Хорошо, я ж вам говорю, все будет хорошо… Уж я устрою.

– Какой вы…- с улыбкой заметила Маша и погрозилась на него. Г-н Перекатов зевнул и открыл глаза.

– А я, кажется, заснул,- пробормотал он с удивленьем. Этот вопрос и это удивление повторялись каждый день. Маша с Кистером заговорили о Шиллере.

Однако ж Федору Федоровичу было не совсем ловко; в нем как будто шевельнулась зависть… и он благородно негодовал на себя. Ненила Макарьевна сошла в гостиную. Подали чай. Г-н Перекатов заставил свою собаку прыгнуть несколько раз через палку и объявил потом, что он сам ее всему выучил, причем собака учтиво вертела хвостом, облизывалась и моргала. Когда же наконец зной уменьшился и повеял вечерний ветерок, все семейство Перекатовых отправилось гулять в березовую рощу. Федор Федорович беспрестанно взглядывал на Машу, как бы желая дать ей знать, что он исполнит ее поручение; Маше было и на себя досадно, и весело, и жутко. Кистер вдруг, ни с того ни с сего, заговорил довольно высокопарно о любви вообще, о дружбе… но, заметив наблюдательный и ясный взгляд Ненилы Макарьевны, так же внезапно переменил разговор.

Ярко и пышно зарделась заря. Перед березовой рощей расстилался ровный и широкий луг. Маше вздумалось играть в горелки.

Man rief Dienstmädchen und Lakaien herbei; Herr Perekatow stellte sich neben seine Gattin, Kister neben Mascha. Die Dienstmädchen liefen mit devoten, leisen Schreien; der Kammerdiener des Herrn Perekatow wagte es, Nenila Makarjewna von ihrem Gatten zu trennen; ein Dienstmädchen ließ sich respektvoll vom gnädigen Herrn fangen; Fjodor Fjodorowitsch blieb unzertrennlich bei Mascha. Sooft er auf seinen Platz zurückkehrte, sagte er ihr einige Worte. Mascha, die vom Laufen ganz rot geworden war, hörte ihm lächelnd zu und strich mit der Hand über die Haare. Kister fuhr nach dem Abendessen heim.

Die Nacht war still und sternhell. Kister nahm sich die Mütze vom Kopf. Er war sehr erregt; etwas presste ihm die Kehle zusammen. »Ja«, sagte er sich schließlich beinahe laut, »sie liebt ihn, ich bringe sie einander nahe, ich werde ihr Vertrauen rechtfertigen.« Obwohl er gar keine Beweise für eine Neigung Maschas für Lutschkow hatte, obwohl er, nach ihren eigenen Worten, in ihr bloß Neugierde weckte, hatte Kister bereits eine ganze Novelle erfunden und sich seine Pflichten vorgeschrieben. Er hatte sich entschlossen, sein Gefühl zu opfern, um so mehr als er außer einer aufrichtigen Zuneigung für sie vorläufig nichts empfand, meinte er.

Kister war tatsächlich imstande, sich selbst einer Freundschaft, einer anerkannten Pflicht zum Opfer zu bringen. Er hatte viel gelesen und bildete sich ein, erfahren und sogar scharf blickend zu sein. Er zweifelte nicht an der Richtigkeit seiner Vermutungen; und er ahnte nicht, wie vielgestaltig das Leben ist und dass es sich nie wiederholt.

Fjodor Fjodorowitsch geriet allmählich in Verzückung. Er fing an, mit Rührung an seinen Beruf zu denken. Zwischen einem liebenden, scheuen jungen Mädchen und einem Mann zu vermitteln, der vielleicht nur darum so verbittert ist, weil er noch nie im Leben Gelegenheit hatte, zu lieben und geliebt zu werden; sie einander nahe zu bringen; ihnen ihre eigenen Gefühle zu erklären und sich dann so unbemerkt zurückzuziehen, dass keiner von ihnen die Größe seines Opfers merkte – welch eine herrliche Aufgabe! Das Gesicht des gutmütigen Träumers glühte trotz der nächtlichen Kühle.

Явились горничные, лакеи; г-н Перекатов стал с своей супругой, Кистер с Машей. Горничные бегали с подобострастными и легкими криками; камердинер г-на Перекатова осмелился разлучить Ненилу Макарьевну с ее супругом; одна горничная почтительно поддалась барину; Федор Федорович не расставался с Машей. Всякий раз, становясь на свое место, он ей говорил два-три слова; Маша, вся раскрасневшаяся от бега, с улыбкой слушала его, проводила рукой по волосам. После ужина Кистер уехал.

Ночь была тихая, звездная. Кистер снял фуражку. Он волновался; ему слегка щемило горло. «Да,- сказал он наконец, почти вслух,- она его любит; я сближу их; я оправдаю ее доверенность». Хотя еще ничто не доказывало явного расположения Маши к Лучкову, хотя, по собственным ее словам, он только возбуждал ее любопытство, но Кистер успел уже сочинить себе целую повесть, предписать себе свою обязанность. Он решился пожертвовать своим чувством – тем более что «пока, кроме искренней привязанности, я ничего ведь не ощущаю»,– думал он. Кистер действительно был в состоянии принести себя в жертву дружеству, признанному долгу. Он много читал и потому воображал себя опытным и даже проницательным; он не сомневался в истине своих предположении; он не подозревал, что жизнь бесконечно разнообразна и не повторяется никогда. Понемногу Федор Федорович пришел в восторг. Он с умилением начал думать о своем призвании. Быть посредником между любящей робкой девушкой и человеком, может быть, только потому ожесточенным, что ему ни разу в жизни не пришлось любить и быть любимым; сблизить их, растолковать им их же собственные чувства и потом удалиться, не дав никому заметить величия своей жертвы,– какое прекрасное дело! Несмотря на прохладу ночи, лицо доброго мечтателя пылало...

Am anderen Tag begab er sich früh des Morgens zu Lutschkow.

Awdej Iwanowitsch lag, wie gewöhnlich, auf dem Sofa und rauchte Pfeife. Kister begrüßte ihn.

»Ich war gestern bei den Perekatows«, sagte er ihm mit einer gewissen Feierlichkeit.

»Ah!« entgegnete Lutschkow gleichgültig und gähnte.

»Ja. Sie sind herrliche Menschen.«

»Wirklich?« – »Ich sprach mit ihnen von dir.«

»Ehrt mich sehr; mit wem?«

»Mit den Alten ... und mit der Tochter.«

»Ach so! Mit dieser ... dicken?«

»Sie ist ein herrliches Mädchen, Lutschkow.«

»Na ja, sie sind alle herrlich.«

»Nein, Lutschkow, du kennst sie nicht. Ich bin noch nie einem so klugen, guten und gefühlvollen Mädchen begegnet!«

Lutschkow sang durch die Nase: »In dem Blatt aus Hamburg eine Nachricht stand, dass der Feldmarschall Münnich siegt in Feindesland ...«

»Ich sage dir ja ...«

»Du bist in sie verliebt, Fedja«, versetzte Lutschkow spöttisch. »Durchaus nicht. Ich denke gar nicht daran.«

»Fedja, du bist in sie verliebt!«

»Unsinn! Darf man denn nicht ...«

»Du bist in sie verliebt, mein herzliebster Freund!« sang Awdej Iwanowitsch gedehnt.

»Ach, Awdej, wie, schämst du dich nicht!« sagte Kister geärgert.

Wäre es ein anderer, so hätte Lutschkow noch lauter zu singen angefangen; den Kister aber neckte er nie. »Na, na, sprechen Sie deutsch, Iwan Andrejitsch«, brummte er leise: »Sei mir nicht böse.«

На другой день он рано поутру отправился к Лучкову. Авдей Иванович, по обыкновению, лежал на диване и курил трубку. Кистер поздоровался с ним.

– Я был вчера у Перекатовых,– сказал он с некоторою торжественностью.

– А! – равнодушно возразил Лучков и зевнул.

– Да. Они прекрасные люди.

– В самом деле?

– Мы говорили о тебе.

– Много чести; с кем это?

– С стариками… и с дочерью.

– А! с этой… толстенькой?

– Она прекрасная девушка. Лучков.

– Ну да, все они прекрасны.

– Нет, Лучков, ты ее не знаешь. Я еще не встречал такой умной, доброй и чувствительной девицы.

Лучков запел в нос: «В гамбургской газете не ты ли читал, как в запрошлом лете Миних побеждал…»

– Да я ж тебе говорю…

– Ты в нее влюблен, Федя,– насмешливо заметил Лучков.

– Совсем нет. И не думал.

– Федя, ты в нее влюблен!

– Что за вздор! Будто уж нельзя…

– Ты в нее влюблен, друг ты мой сердечный, таракан запечный,– протяжно запел Авдей Иванович.

– Эх, Авдей, как тебе не стыдно! – с досадой проговорил Кистер.

Со всяким другим Лучков тут-то и запел бы пуще прежнего: Кистера он не дразнил.

– Ну, ну, шпрехен зи дейч, Иван Андреич,– проворчал он вполголоса,– не сердись.

»Hör mal, Awdej«, begann Kister leidenschaftlich, indem er sich neben ihn setzte. »Du weißt, dass ich dich liebe.« (Lutschkow verzog das Gesicht.) »Aber eines missfällt mir, offen gestanden, an dir ... dass du mit niemand verkehren willst, immer zu Hause sitzt und jede Bekanntschaft mit guten Menschen meidest. Es gibt doch schließlich gute Menschen! Zugegeben, dass dich das Leben betrogen hat, dass du erbittert bist – was weiß ich? Du brauchst dich gar nicht einem jeden an den Hals zu werfen; warum sollst du aber alle Menschen ablehnen? So wirst du vielleicht auch mich einmal fortjagen.«

Lutschkow rauchte gleichgültig weiter.

»Darum kennt dich auch kein Mensch ... außer mir ... ein anderer wird sich vielleicht, Gott weiß, was von dir denken... Awdej!« fuhr Kister nach einer kurzen Pause fort. »Du glaubst nicht an die Tugend, Awdej!?«

»Wie sollte ich an sie nicht glauben ... ich glaube an sie wohl ...« brummte Lutschkow.

Kister drückte ihm mit Gefühl die Hand.

»Ich möchte dich mit dem Leben aussöhnen«, fuhr er mit Rührung in der Stimme fort. »Du wirst heiterer werden, du wirst aufblühen ... ja, aufblühen. Wie froh werde ich dann sein! Erlaube mir nur, zuweilen über dich und deine Zeit zu verfügen. Was haben wir heute? Montag ... morgen ist Dienstag ... am Mittwoch, ja, am Mittwoch wollen wir beide zu den Perekatows hinüberfahren. Sie werden sich so sehr über deinen Besuch freuen ... wir werden gut die Zeit verbringen. Jetzt aber gib mir eine Pfeife.« Awdej Iwanowitsch lag unbeweglich auf dem Sofa und blickte zur Decke hinauf. Kister steckte sich eine Pfeife an, trat ans Fenster und begann mit den Fingern an die Scheibe zu trommeln.

»Sie sprachen also von mir?« fragte plötzlich Awdej.

»Ja, ja«, antwortete Kister bedeutungsvoll.

»Was sagten sie denn?«

»Was sollen sie gesagt haben? Sie wollen dich gern kennenlernen.«

»Wer denn?«

»Wie neugierig du bist!«

— Послушай, Авдей,— с жаром заговорил Кистер и сел подле него.— Ты знаешь, я тебя люблю. (У Лучкова покривилось лицо.) Но одно мне в тебе, признаюсь, не нравится... именно то, что ты ни с кем знаться не хочешь, все дома сидишь, всякого сближения с хорошими людьми избегаешь. Ведь наконец есть же хорошие люди! Ну, положим, ты был обманут в жизни, ожесточился, что ли; не бросайся на шею каждому, но почему же тебе всех отвергать? Ведь этак ты и меня, пожалуй, когда-нибудь прогонишь. Лучков хладнокровно продолжал курить.

— Оттого-то тебя никто и не знает... кроме меня; иной, пожалуй, бог весть что о тебе думает... Авдей! — прибавил Кистер после небольшого молчания,— ты в добродетель не веришь, Авдей?

— Как не верить... верю...—проворчал Лучков. Кистер с чувством пожал ему руку.

— Мне хочется,— продолжал он тронутым голосом,— примирить тебя с жизнию. Ты у меня повеселеешь, расцветешь... именно расцветешь. Как я-то буду рад тогда! Только ты мне позволь распоряжаться иногда тобою, твоим временем. У. нас сегодня — что? понедельник... завтра вторник... в среду, да, в среду мы с тобой поедем к Перекатовым. Они тебе так рады будут... и мы там весело время проведем... А теперь дай мне трубочку выкурить.

Авдей Иванович недвижно лежал на диване и глядел в потолок. Кистер закурил трубку, подошел к окну и стал барабанить пальцами по стеклам.

— Так говорили обо мне? — спросил вдруг Авдей.

— Говорили,— значительно возразил Кистер.

— Что ж такое говорили?

— Ну, уж говорили. Весьма желают с тобой познакомиться.

— Кто же именно?

— Вишь, какой любопытный!

Awdej rief den Diener herbei und ließ sich sein Pferd satteln.

»Wo willst du hin?« – »Nach der Reitbahn.«

»Nun, lebe wohl. Also wir fahren zu den Perekatows, nicht wahr?«

»Meinetwegen«, sagte Lutschkow träge und reckte sich.

»Bravo!« rief Kister aus.

Als er auf die Straße trat, wurde er nachdenklich und seufzte tief auf.

IV

Mascha näherte sich gerade der Salontür, als man den Besuch der Herren Kister und Lutschkow meldete. Sie kehrte sofort in ihr Zimmer zurück, trat vor den Spiegel ... ihr Herz pochte heftig. Das Dienstmädchen kam, um sie zu den Gästen zu rufen. Mascha trank etwas Wasser, blieb zweimal auf der Treppe stehen und ging endlich hinunter. Herr Perekatow war nicht zu Hause. Nenila Makarjewna thronte auf dem Sofa; Lutschkow saß im Uniformrock, den Federhut auf den Knien, im Sessel; Kister neben ihm. Beim Erscheinen Maschas erhoben sie sich beide von ihren Plätzen – Kister mit dem gewöhnten freundschaftlichen Lächeln, Lutschkow mit einer feierlichen, gezwungenen Miene. Sie begrüßte sie verlegen und ging auf ihre Mutter zu. Die ersten zehn Minuten verliefen glücklich. Mascha hatte sich erholt und fing an, Lutschkow zu beobachten. Er beantwortete die Fragen der Dame des Hauses kurz, doch unruhig; er war scheu, wie alle ehrgeizigen Menschen. Nenila Makarjewna schlug den Gästen vor, in den Garten zu gehen, und begab sich selbst auf den Balkon. Sie hielt es nicht für notwendig, mit einem Strickbeutel in der Hand hinter ihrer Tochter herzuwackeln, wie es viele gesetzte Mütter tun.

Der Spaziergang dauerte recht lange. Mascha sprach meistens mit Kister, wagte aber weder ihn noch Lutschkow anzublicken. Awdej Iwanowitsch wandte sich kein einziges Mal an sie. Die Stimme Kisters klang erregt. Er lachte und schwatzte auffallend viel. Sie kamen zum Fluss. Etwa einen Klafter vom Ufer

Авдей кликнул слугу и приказал седлать себе лошадь.

– Куда ты?

– В манеж.

– Ну, прощай. Так едем, что ли, к Перекатовым?

– Едем, пожалуй, – лениво проговорил Лучков и потянулся.

– Молодец! – воскликнул Кистер и вышел на улицу, задумался и глубоко вздохнул.

IV

Маша подходила к дверям гостиной, когда доложили о приезде Кистера и Лучкова. Она тотчас вернулась в свою комнату, подошла было к зеркалу... Ее сердце сильно билось. Девушка пришла позвать ее в гостиную. Маша выпила немного воды, остановилась раза два на лестнице и, наконец, сошла вниз. Г-на Перекатова дома не было. Ненила Макарьевна сидела на диване; Лучков сидел на кресле в мундире, с шляпой на коленях; Кистер возле него. Оба они приподнялись при входе Маши – Кистер с обычной дружелюбной улыбкой, Лучков с торжественным и натянутым видом. Она с смущением поклонилась им и подошла к матери. Первые десять минут прошли благополучно. Маша отдохнула и начала понемногу наблюдать за Лучковым. Он отвечал на расспросы хозяйки коротко, но неспокойно; он робел, как все самолюбивые люди. Ненила Макарьевна предложила гостям погулять по саду, а сама вышла только на балкон. Она не почитала необходимостью не спускать глаз с дочки и ковылять за нею всюду с толстым ридикюлем в руках по примеру многих степных матерей. Прогулка продолжалась довольно долго. Маша говорила больше с Кистером, но не смела взглянуть ни на него, ни на Лучкова. Авдей Иванович с ней не заговаривал; в голосе Кистера заметно было волнение. Он что-то много смеялся и болтал... Они подошли к речке. В сажени от берега росла

wuchs eine Wasserlilie, sie schien auf der glatten, mit den breiten, runden Blättern bedeckten Wasserfläche zu ruhen.

»Was für eine schöne Blume!« versetzte Mascha.

Kaum hatte sie diese Worte gesprochen, als Lutschkow seinen Pallasch zog, sich mit der einen Hand an den dünnen Zweigen einer Weide festhielt, sich mit dem ganzen Körper über das Wasser beugte und die Blütenkrone abhieb.

»Hier ist es tief, nehmen Sie sich in acht!« rief Mascha erschrocken.

Lutschkow trieb die Blüte mit der Spitze des Pallaschs ans Ufer, ihr dicht vor die Füße. Sie beugte sich, hob die Blume auf und blickte Awdej mit zärtlichem, freudigem Erstaunen an.

»Bravo!« rief Kister.

»Ich kann aber gar nicht schwimmen ...«, sagte Lutschkow kurz.

Diese Bemerkung missfiel Mascha. Wozu hat er das gesagt? fragte sie sich.

Lutschkow und Kister blieben bei Herrn Perekatow bis zum Abend.

In der Seele Maschas ging etwas Neues, noch nie Dagewesenes vor; ihr Gesicht zeigte mehr als einmal nachdenkliches Erstaunen. Sie bewegte sich langsamer als sonst, errötete nicht unter den Blicken der Mutter – im Gegenteil, sie schien diese Blicke zu suchen und die Mutter zu befragen.

Im Laufe des ganzen Abends zeigte Lutschkow ihr gegenüber eine eigentümliche, unbeholfene Aufmerksamkeit; doch selbst diese Unbeholfenheit schmeichelte ihrem unschuldigen Ehrgeiz. Und als sie sich beide, mit dem Versprechen, in einigen Tagen wiederzukommen, empfohlen hatten, ging sie leise in ihr Zimmer und blickte lange erstaunt um sich.

Nenila Makarjewna kam zu ihr herein und umarmte und küsste sie wie jeden Abend. Mascha öffnete die Lippen, als wollte sie der Mutter etwas sagen, sagte aber nichts. Sie wollte ihr sogar etwas gestehen, wusste aber selbst nicht was. In ihrer Seele regte sich etwas ganz leise. Auf dem Nachttisch stand in einem Wasserglase die Blüte, die Lutschkow abgeschnitten hatte. Schon im Bette liegend, richtete sich Mascha vorsichtig auf,

водяная лилия и словно покоилась на гладкой поверхности воды, устланной широкими и круглыми листьями.

– Какой красивый цветок! – заметила Маша. Не успела она выговорить этих слов, как уже Лучков вынул палаш, ухватился одной рукой за тонкие ветки ракиты и, нагнувшись всем телом над водой, сшиб головку цветка. «Здесь глубоко, берегитесь!» – с испугом вскрикнула Маша. Лучков концом палаша пригнал цветок к берегу, к самым ее ногам. Она наклонилась, подняла цветок и с нежным, радостным удивлением поглядела на Авдея. «Браво!» – закричал Кистер. «А я не умею плавать...» – отрывисто проговорил Лучков. Это замечание не понравилось Маше. «Зачем он это сказал?»-подумала она.

Лучков с Кистером остались у г-на Перекатова до вечера. Что-то новое, небывалое происходило в душе Маши; задумчивое недоумение изображалось не раз на лице ее. Она как-то двигалась медленнее, не вспыхивала от взглядов матери, напротив, сама как будто их искала, как будто сама вопрошала ее. В продолжение всего вечера Лучков оказывал ей какое-то неловкое внимание; но даже эта неловкость нравилась ее невинному тщеславию. Когда ж они оба уехали с обещанием побывать опять на днях, она тихонько пошла в свою комнату и долго, как бы с изумлением, глядела кругом. Ненила Макарьевна пришла к ней, поцеловала и обняла ее, по обыкновению. Маша раскрыла губы, хотела было заговорить с матерью - и не сказала ни слова. Она и хотела признаться, да не знала в чем. В ней тихо бродила душа. На ночном столике, в чистом стакане, лежал на воде цветок, сорванный Лучковым. Уж в постели, Маша приподнялась осторожно, оперлась на локоть, и ее девственные губы тихо прикоснулись белых и свежих лепестков...

stützte sich auf einen Ellenbogen, und ihre keuschen Lippen berührten die weißen frischen Blütenblätter...

»Nun, was sagst du?« fragte Kister am nächsten Tag seinen Freund. »Haben dir die Perekatows gefallen? Hatte ich recht? Wie? Sag doch was!«

Lutschkow gab keine Antwort.

»Nein, sag doch was!«

»Ich weiß wirklich nicht.«

»Hör doch auf!«

»Diese ... wie heißt sie noch ... Maschenjka ... ist nicht übel.«

»Nun siehst du ...«, sagte Kister und verstummte.

Nach fünf Tagen machte Lutschkow selbst Kister den Vorschlag, die Perekatows zu besuchen. Allein wäre er nicht zu ihnen gegangen; in Abwesenheit Fjodor Fjodorowitschs hätte er die Unterhaltung führen müssen, was er aber nicht verstand und es nach Möglichkeit mied.

Beim zweiten Besuch der beiden Freunde war Maschenjka viel ungezwungener. Sie war jetzt im geheimen froh, dass sie ihr Mamachen nicht mit einem freiwilligen Geständnis beunruhigt hatte. Awdej übernahm es, vor dem Mittagessen ein junges, noch nicht zugerittenes Pferd zu besteigen; so tolle Sprünge es auch machte, er bändigte es vollkommen. Am Abend kam er ein wenig aus sich heraus, versuchte zu scherzen und zu lachen. Obwohl er sich sehr bald wieder beherrschte, hatte er auf Mascha augenblicklich einen unangenehmen Eindruck gemacht. Sie wusste noch selbst nicht, was für ein Gefühl Lutschkow in ihr weckte, sie schrieb aber alles, was ihr an ihm missfiel, dem Einfluss von Schicksalsschlägen und Einsamkeit zu.

V

Die Freunde fingen an, die Perekatows oft zu besuchen. Die Lage Kisters wurde immer schwieriger. Er bereute nichts, wollte aber doch wenigstens die Zeit seiner Prüfung abkürzen. Seine Neigung für Mascha wurde von Tag zu Tag größer, sie zeigte ihm auch selbst ihre Sympathie, aber immer nur ein Vermittler und selbst Freund zu sein – welch ein schweres und undankbares Amt! Die kühl begeisterten Menschen reden viel von der

– Ну, что? - спросил на другой день Кистер своего товарища, - нравятся тебе Перекатовы? Прав я был? а? скажи!

Лучков не отвечал.

– Нет, скажи, скажи.

– А право, не знаю.

– Ну полно!

– Эта… как бишь ее зовут… Машенька - ничего, недурна.

– Ну, вот видишь…- сказал Кистер и замолчал. Дней через пять Лучков сам предложил Кистеру съездить к Перекатовым. Один он бы к ним не поехал; в отсутствие Федора Федоровича ему бы пришлось вести разговор, а этого он не умел и избегал по возможности.

Во второй приезд обоих друзей Маша была гораздо развязнее. Она теперь втайне радовалась тому. что не обеспокоила маменьки непрошеным признанием. Авдей перед обедом вызвался сесть на молодую, необъезженную лошадь и, несмотря на ее бешеные скачки, укротил ее совершенно. Вечером он было расходился, пустился шутить и хохотать, и хотя скоро опомнился, однако ж успел произвести мгновенное неприятное впечатление на Машу. Она сама еще не знала, какое именно чувство в ней возбуждал Лучков, но все, что в нем ей не нравилось, приписывала она влиянию несчастий, одиночества.

V

Приятели начали часто посещать Перекатовых. Положение Кистера становилось более и более тягостным. Он не раскаивался… нет, но желал по крайней мере сократить время своего искуса. Привязанность его к Маше увеличивалась с каждым днем; она сама к нему благоволила; но быть все только посредником, наперсником, даже другом - такое тяжелое, неблагодарное ремесло! Холодно-восторженные люди много толкуют о святости

Heiligkeit der Leiden, von der Seligkeit der Leiden ... doch dem warmen, einfachen Herzen Kisters boten die Leiden nicht die geringste Seligkeit. Und eines Tages, als Lutschkow fertig angekleidet zu ihm kam, um ihn abzuholen, und der Wagen schon vor der Türe stand, erklärte Fjodor Fjodorowitsch seinem Freund zu dessen größtem Erstaunen, dass er zu Hause bleiben werde. Lutschkow redete ihm zu, ärgerte sich, wurde böse ... Kister schützte Kopfschmerzen vor, und Lutschkow fuhr allein hin.

Der Kampfhahn hatte sich in der letzten Zeit in vielen Dingen verändert. Er ließ seine Kameraden in Ruhe, setzte den Neulingen nicht zu und war, wenn auch nicht aufgeblüht, wie es ihm Kister prophezeit hatte, so doch jedenfalls ruhiger geworden. Auch früher durfte man ihn nicht für einen am Leben enttäuschten Menschen halten: Er hatte fast nichts gesehen und erlebt – und darum war es auch kein Wunder, dass Mascha seine Gedanken beschäftigte. Sein Herz war übrigens nicht weicher geworden, nur seine Galle war etwas zur Ruhe gekommen. Die Gefühle, die Mascha für ihn hatte, waren seltsamer Art. Sie sah ihm fast nie gerade ins Gesicht, sie verstand auch nicht mit ihm zu sprechen. Wenn sie aber einmal zufällig unter vier Augen blieben, fühlte sie sich furchtbar befangen. Sie hielt ihn für einen ungewöhnlichen Menschen, empfand vor ihm eine große Scheu, regte sich auf und bildete sich ein, dass sie ihn nicht verstehe und sein Vertrauen nicht verdiene ... Sie dachte an ihn freudlos und schmerzvoll, doch unaufhörlich. Die Anwesenheit Kisters hingegen wirkte auf sie erleichternd und stimmte sie lustig, ohne sie übrigens zu freuen oder aufzuregen; mit ihm konnte sie stundenlang, sich auf seinen Arm wie auf den eines Bruders stützend, plaudern, blickte ihm freundschaftlich in die Augen, lachte, wenn er lachte – und dachte nur selten an ihn. In Lutschkow ahnte das junge Mädchen etwas Rätselhaftes; sie fühlte, dass seine Seele so finster war »wie ein Wald«, und bemühte sich, in dieses Dunkel einzudringen... So schauen Kinder in einen tiefen Brunnen, bis sie endlich tief unten auf dem Grund das schwarze Wasser erblicken.

Als Lutschkow allein in den Salon trat, erschrak Mascha zuerst; dann aber war sie erfreut. Sie hatte schon mehr als einmal das Gefühl gehabt, dass zwischen ihr und Lutschkow ir-

страданий, о блаженстве страданий… но теплому, простому сердцу Кистера они не доставляли никакого блаженства. Наконец однажды, когда Лучков, уже совсем одетый, зашел за ним и коляска подъехала к крыльцу,– Федор Федорович, к изумлению приятеля, объявил ему напрямик, что остается дома. Лучков просил, досадовал, сердился… Кистер отговорился головной болью. Лучков отправился один.

Бретер во многом изменился в последнее время. Товарищей он оставлял в покое, к новичкам не приставал и хотя не расцвел душою, как предсказал ему Кистер, однако действительно поуспокоился. Его и прежде нельзя было назвать разочарованным человеком – он почти ничего не видал и не испытал,– и потому не диво, что Маша занимала его мысли. Впрочем, сердце его не смягчилось; только желчь в нем угомонилась. Чувства Маши к нему были странного рода. Она почти никогда не глядела ему прямо в лицо; не умела разговаривать с ним… Когда ж им случалось оставаться вдвоем, Маше становилось страшно неловко. Она принимала его за человека необыкновенного и робела перед ним, волновалась, воображала, что не понимает его, не заслуживает его доверенности; безотрадно, тяжело – но беспрестанно думала о нем. Напротив, присутствие Кистера облегчало ее и располагало к веселости, хотя не радовало ее и не волновало; с ним она могла болтать по часам, опираясь на руку его, как на руку брата, дружелюбно глядела ему в глаза, смеялась от его смеха и редко вспоминала о нем. В Лучкове было что-то загадочное для молодой девушки: она чувствовала, что душа его темна, «как лес», и силилась проникнуть в этот таинственный мрак… Так точно дети долго смотрят в глубокий колодезь, пока разглядят наконец на самом дне неподвижную, черную воду.

При входе Лучкова, одного, в гостиную Маша сперва испугалась… но потом обрадовалась. Ей уже не раз казалось, что между Лучковым и ею существует какое-то недоразумение, что он до сих пор не имел случая выска-

gendein Missverständnis schwebe, dass er bisher noch keine Gelegenheit gehabt habe, sich auszusprechen. Lutschkow teilte den Grund der Abwesenheit Kisters mit. Die Alten äußerten ihr Bedauern. Mascha aber sah Awdej misstrauisch an und verzehrte sich vor Ungeduld.

Nach dem Essen blieben sie allein. Mascha wusste nicht, was zu sagen, und setzte sich vors Klavier. Ihre Finger liefen eilig und zitternd über die Tasten; sie hielt immer wieder inne und wartete, dass er zu sprechen anfange ... Lutschkow verstand und liebte die Musik nicht. Mascha brachte das Gespräch auf Rossini (Rossini fing damals gerade an, in Mode zu kommen) und auf Mozart. Awdej Iwanowitsch antwortete nur: »Ja! Nein! Gewiss! Sehr schön« – und sonst nichts. Mascha spielte eine glänzende Variation über ein Thema von Rossini. Lutschkow hörte lange zu, und als sie sich wieder an ihn wandte, drückte sein Gesicht eine so ungeheuchelte Langweile aus, dass sie aufsprang und das Klavier zuklappte. Sie trat ans Fenster und blickte lange in den Garten; Lutschkow rührte sich nicht vom Fleck und schwieg immerzu.

In die Seele Maschas trat an Stelle der Scheu Ungeduld. Nun? dachte sie sich, willst du nicht ... oder kannst du nicht?

Nun war Lutschkow an der Reihe, verlegen zu werden. Er fühlte wieder seine gewohnte qualvolle Unsicherheit: Er schäumte vor Wut!

»Was musste ich mich auch, zum Teufel, mit diesem Mädel einlassen!« murmelte er vor sich hin ... Und dabei war es doch so leicht, in diesem Augenblick das Herz Maschas zu rühren! Was der ungewöhnliche, wenn auch sonderbare Mensch, für den sie Lutschkow hielt, auch sagen mochte, sie würde alles verstehen, alles verzeihen und alles glauben ... Doch dieses schwere, dumme Schweigen! Tränen des Ärgers traten ihr in die Augen.

Wenn er sich nicht erklären will, wenn ich sein Vertrauen wirklich nicht verdiene, warum kommt er dann noch zu uns? Oder verstehe ich bloß nicht, ihn zu zwingen, sich auszusprechen? ... Und sie wandte sich um und blickte ihn so fragend, so durchdringend an, dass er diesen Blick nicht missverstehen und nicht länger schweigen konnte.

заться. Лучков сообщил причину отсутствия Кистера; старики изъявили свое сожаление; но Маша с недоверчивостью глядела на Авдея и томилась ожиданием. После обеда они остались одни; Маша не знала, что сказать, села за фортепьяно; пальцы ее торопливо и трепетно забегали по клавишам; она беспрестанно останавливалась и ждала первого слова... Лучков не понимал и не любил музыки. Маша заговорила с ним о Россини (Россини только что входил тогда в моду), о Моцарте... Авдей Иванович отвечал: «да-с, нет-с, как же-с, прекрасно»,– и только. Маша заиграла блестящие вариации на россиниевскую тему. Лучков слушал, слушал... и когда наконец она обратилась к нему, лицо его выражало такую нелицемерную скуку, что Маша тотчас же вскочила и захлопнула фортепьяно. Она подошла к окну и долго глядела в сад; Лучков не трогался с места и все молчал. Нетерпение начинало сменять робость в душе Маши. «Что ж? - думала она, - не хочешь... или не можешь?» Очередь робеть была за Лучковым. Он ощущал опять обычную томительную неуверенность: он уже злился!.. «Черт же меня дернул связаться с девчонкой»,– бормотал он про себя... А между тем как легко было в это мгновение тронуть сердце Маши! Что бы ни сказал такой необыкновенный, хотя и странный человек, каким она воображала Лучкова,– она бы все поняла, все извинила, всему бы поверила... Но это тяжелое, глупое молчание! Слезы досады навертывались у ней на глаза. «Если он не хочет объясниться, если я точно не стою его доверенности, зачем же ездит он к нам? Или, может быть, я не умею заставить его высказаться?..» И она быстро обернулась и так вопросительно, так настойчиво взглянула на него, что он не мог не понять ее взгляда, не мог долее молчать...

»Marja Sergejewna«, begann er stotternd. »Ich ... ich habe ... ich muss Ihnen etwas sagen.«

»Sprechen Sie«, entgegnete Mascha schnell.

Lutschkow sah sich unschlüssig um.

»Jetzt kann ich nicht ...«

»Warum denn?«

»Ich möchte mit Ihnen ... unter vier Augen sprechen.«

»Wir sind jetzt doch unter vier Augen.«

»Doch hier ... hier im Hause ...«

Mascha wurde verlegen. Wenn ich es ihm abschlage, dachte sie sich, ist alles zu Ende ... Die Neugier richtete Eva zugrunde.

»Ich bin einverstanden«, sagte sie schließlich.

»Wann denn? Und wo?«

Mascha atmete schnell und ungleichmäßig.

»Morgen ... abends. Kennen Sie das Wäldchen oberhalb der Langen Wiese?«

»Hinter der Mühle?«

Mascha nickte.

»Um welche Stunde?«

»Erwarten Sie mich ...«

Sie konnte nichts mehr hervorbringen; ihre Stimme riss, sie erbleichte und verließ schnell das Zimmer.

Eine Viertelstunde später begleitete Herr Perekatow mit der ihm eigenen Freundlichkeit Lutschkow ins Vorzimmer, drückte ihm mit Gefühl die Hand und bat ihn, sein Haus »nicht zu vergessen«. Nachdem der Gast gegangen war, sagte er dem Diener sehr wichtig, dass es ihm gar nicht schaden würde, sich das Haar schneiden zu lassen, kehrte, ohne eine Antwort abzuwarten, mit besorgtem Gesicht in sein Zimmer zurück, setzte sich, mit dem gleichen besorgten Gesicht, aufs Sofa und versank sofort in seinen unschuldigen Schlaf.

»Du bist heute so blass«, sagte Nenila Makarjewna zu ihrer Tochter am Abend dieses Tages. »Fehlt dir nichts?«

»Mir fehlt nichts, Mamachen.«

– Марья Сергеевна, - произнес он, запинаясь, - я... у меня... я вам должен что-то сказать...

– Говорите,– быстро возразила Маша. Лучков нерешительно посмотрел кругом.

– Я теперь не могу...

– Отчего же?

– Я бы желал поговорить с вами... наедине...

– Мы и теперь одни.

– Да... но... здесь в доме.

Маша смутилась... «Если я откажу ему, - подумала она, - все кончено...» Любопытство погубило Еву...

– Я согласна, - сказала она наконец.

– Когда же? Где?

Маша дышала быстро и неровно.

– Завтра... вечером. Вы знаете рощицу над Долгим Лугом?..

– За мельницей? Маша кивнула головой.

– В котором часу?

– Ждите...

Больше она не могла ничего выговорить; голос ее перервался... она побледнела и проворно вышла из комнаты.

Через четверть часа г-н Перекатов, с свойственной ему любезностью, провожал Лучкова до передней, с чувством жал ему руку и просил «не забывать»; потом, отпустив гостя, .с важностью заметил человеку, что не худо бы ему остричься,– и, не дождавшись ответа, с озабоченным видом вернулся к себе в комнату, с тем же озабоченным видом присел на диван и тотчас же невинно заснул.

– Ты что-то бледна сегодня, - говорила Ненила Макарьевна своей дочери вечером того же дня. - Здорова ли ты?

– Я здорова, маменька.

Nenila Makarjewna zupfte das Tüchlein an ihrem Halse zurecht.

»Du bist sehr blass; sieh mich mal an«, fuhr sie mit der mütterlich besorgten Stimme fort, aus der immer auch ein elterliches Machtbewusstsein klingt. »Auch deine Augen blicken gar nicht lustig. Dir fehlt was, Mascha.«

»Ich habe Kopfweh«, antwortete Mascha, nur um irgendwas zu sagen.

»Das hab' ich mir auch gedacht.« Nenila Makarjewna legte ihre Hand auf Maschas Stirn. »Fieber hast du aber nicht.«

Mascha beugte sich und hob vom Boden irgendeinen Faden auf.

Die Arme Nenila Makarjewnas legten sich sanft um Maschas feine Taille.

»Mir scheint, du willst mir etwas sagen«, sagte sie freundlich, ohne die Umarmung zu lösen.

Mascha fuhr innerlich zusammen.

»Ich? Nein, Mamachen.«

Die plötzliche Befangenheit Maschas entging nicht dem mütterlichen Blick.

»Nein, wirklich, du willst mir was sagen ... Denk mal nach.«

Mascha hatte sich aber schon gefasst und küsste, statt eine Antwort zu geben, der Mutter lachend die Hand.

»Hast du mir wirklich nichts zu sagen?«

»Aber wirklich nichts.«

»Ich glaube dir«, versetzte Nenila Makarjewna nach kurzem Schweigen. »Ich weiß, du hast keine Geheimnisse vor mir ... Nicht wahr?«

»Gewiss, Mamachen.«

Mascha musste jedoch leicht erröten.

»Das ist recht. Es wäre auch Sünde, wenn du vor mir etwas verheimlichtest ... Du weißt ja, wie sehr ich dich liebe, Mascha.«

»O ja, Mamachen!«

Und Mascha schmiegte sich an sie.

Ненила Макарьевна поправила у ней на шее косынку.

- Ты очень бледна; посмотри на меня, - продолжала она с той материнской заботливостью, в которой все-таки слышится родительская власть, - ну, вот и глаза твои невеселы. Ты нездорова, Маша.

- У меня голова немного болит, - сказала Маша, чтоб как-нибудь отделаться.

- Ну вот, я знала,- Ненила Макарьевна положила ладонь ко лбу Маши,- однако жару в тебе нет.

Маша нагнулась и подняла с полу какую-то нитку. Руки Ненилы Макарьевны тихо легли вокруг тонкого стана Маши.

- Ты что-то как будто бы мне сказать хочешь,- ласково проговорила она, не распуская рук. Маша внутренне вздрогнула.

- Я? нет, маменька.

Мгновенное смущение Маши не ускользнуло от родительского внимания.

- Право, хочешь… Подумай-ка. Но Маша успела оправиться и вместо ответа со смехом поцеловала руку матери.

- И будто нечего тебе сказать мне?

- Ну право же, нечего.

- Я тебе верю, - возразила Ненила Макарьевна после непродолжительного молчания. -Я знаю, у тебя нет ничего от меня скрытного… Не правда ли?

- Конечно, маменька.

Маша, однако ж, не могла не покраснеть немного.

- И хорошо делаешь. Грешно было бы тебе скрываться от меня… Ты ведь знаешь, как я тебя люблю, Маша.

- О да, маменька!

И Маша прижалась к ней.

»Nun ist's genug.« Nenila Makarjewna ging einmal durchs Zimmer. »Sag mir mal«, fuhr sie mit der Stimme eines Menschen fort, der fühlt, dass seine Frage keine besondere Bedeutung hat, »worüber hast du heute mit Awdej Iwanowitsch gesprochen?«

»Mit Awdej Iwanowitsch?« wiederholte Mascha ruhig. »Über alles Mögliche ...«

»Nun gefällt er dir?«

»Gewiss, er gefällt mir wohl.«

»Weißt du noch, wie du ihn unbedingt kennenlernen wolltest, wie aufgeregt du warst?«

Mascha wandte sich ab und lachte.

»Wie sonderbar ist er doch!« versetzte Nenila Makarjewna gutmütig.

Mascha wollte für Lutschkow eintreten, biss sich aber in ihre kleine Zunge.

»Ja, gewiss«, sagte sie gleichgültig. »Er ist ein Sonderling, doch ein guter Mensch!«

»Oh, ja! ... Warum ist Fjodor Fjodorowitsch nicht gekommen?«

»Er scheint unwohl zu sein. Ach ja! Es fällt mir gerade ein: Fjodor Fjodorowitsch will mir einen kleinen Hund schenken. Wirst du es mir erlauben?«

»Was denn? Sein Geschenk anzunehmen?«

»Ja.«

»Natürlich.«

»Ich danke!« sagte Mascha. »Ich danke dir!«

Nenila Makarjewna ging zur Tür und kehrte plötzlich um.

»Erinnerst du dich noch an dein Versprechen, Mascha?«

»An welches denn?«

»Du versprachst, mir zu sagen, wenn du dich verliebst.«

»Ich erinnere mich.«

»Nun und? ... Ist noch nicht die Zeit?« Mascha brach in schallendes Gelächter aus. »Sieh mir mal in die Augen.«

— Ну, полно, довольно. (Ненила Макарьевна прошлась по комнате.) Ну, скажи же мне,— продолжала она голосом человека, который чувствует, что вопрос его не имеет никакого особенного значения, - о чем ты сегодня разговаривала с Авдеем Иванычем?

— С Авдеем Иванычем? — спокойно повторила Маша.— Да так, обо всем…

— Что, он тебе нравится?

— Как же, нравится.

— А помнишь, как ты желала с ним познакомиться, как волновалась?

Маша отвернулась и засмеялась.

— Какой он странный! -добродушно заметила Ненила Макарьевна.

Маша хотела было заступиться за Лучкова, да прикусила язычок.

— Да, конечно,— проговорила она довольно небрежно,— он чудак, но все же он хороший человек!

— О да!.. Что Федор Федорыч не приехал?

— Видно, нездоров. Ах, да! кстати: Федор Федорыч хотел мне подарить собачку… Ты мне позволишь?

— Что? принять его подарок?

— Да.

— Разумеется.

— Ну, благодарствуй, -сказала Маша, -вот благодарствуй!

Ненила Макарьевна дошла до двери и вдруг вернулась назад.

— А помнишь ты свое обещание, Маша?

— Какое?

— Ты мне хотела сказать, когда влюбишься.

— Помню.

— Ну, что ж?.. Еще не время? (Маша звонко рассмея-

Mascha sah ihre Mutter heiter und tapfer an.

Es kann nicht sein, dachte sich Nenila Makarjewna und beruhigte sich. Wie sollte sie mich betrügen! Wie konnte mir das einfallen? ... Sie ist ja noch ein Kind.

Sie ging hinaus.

Es ist aber Sünde, dachte sich Mascha.

VI

Kister lag schon zu Bett, als Lutschkow zu ihm ins Zimmer trat. Das Gesicht des Kampfhahns drückte niemals ein einziges Gefühl aus, so auch jetzt: geheuchelte Gleichgültigkeit, rohe Freude, Bewusstsein seiner Überlegenheit. Seine Züge spiegelten eine Menge verschiedener Gefühle wider.

»Nun, was gibt's?« fragte ihn Kister ungeduldig.

»Was soll's geben! Ich war dort. Sie lassen dich grüßen.«

»Nun, geht es ihnen allen gut?«

»Was soll ihnen fehlen?«

»Haben sie gefragt, warum ich nicht gekommen bin?«

»Ich glaube, ja.«

Lutschkow blickte auf die Decke und sang etwas, doch falsch. Kister senkte die Augen und wurde nachdenklich.

»Da hat man es«, sagte Lutschkow mit heiserer, schneidender Stimme. »Du bist ein kluger Mensch, ein gebildeter Mensch, und doch redest auch du, mit Verlaub zu sagen, zuweilen Unsinn.«

»Wieso?«

»Nun, zum Beispiel über die Frauen. Du stellst sie über alles! Du dichtest sie an! Sie alle sind für dich Engel ... Das sind mir nette Engel!«

»Ich liebe und achte die Frauen, aber ...«

»Ja, gewiss, gewiss«, unterbrach ihn Awdej. »Ich streite nicht mit dir. Wie soll ich es auch! Ich bin natürlich ein einfacher Mensch.«

лась.) Посмотри-ка мне в глаза.

Маша ясно и смело взглянула на свою мать.

«Не может быть! – подумала Ненила Макарьевна и успокоилась.– Где ей меня обмануть!.. И с чего я взяла?.. Она еще совершенный ребенок…»

Она ушла…

«А ведь это грех»,– подумала Маша.

VI

Кистер лег уже спать, когда Лучков вошел к нему в комнату. Лицо бретера никогда не выражало одного чувства; так и теперь: притворное равнодушие, грубая радость, сознание своего превосходства… множество различных чувств разыгрывалось в его чертах.

– Ну, что? ну, что?– торопливо спросил его Кистер.

– Ну, что! Был. Тебе кланяются.

– Что? они все здоровы?

– Что им делается!

– Спрашивали, отчего я не приехал?

– Спрашивали, кажется.

Лучков поглядел в потолок и запел фальшиво. Кистер опустил глаза и задумался.

– А ведь вот,– хриплым и резким голосом промолвил Лучков,– вот ты умный человек, ты ученый человек, а ведь тоже иногда, с позволения сказать, дичь порешь.

– А что?

– А вот что. Например, насчет женщин. Ведь уж как ты их превозносишь! Стихи о них читаешь! Все они у тебя ангелы… Хороши ангелы!

– Я женщин люблю и уважаю, но…

– Ну, конечно, конечно,– перебил его Авдей.– Я ведь с тобой не спорю. Где мне! Я, разумеется, человек простой.

»Ich wollte sagen, dass ... Warum hast du aber gerade heute, gerade jetzt die Rede auf die Frauen gebracht?«

»So!« Awdej lächelte bedeutungsvoll. »So!«

Kister sah seinen Freund durchdringend an. Er glaubte (die reine Seele!), dass Mascha ihn schlecht behandelt habe. Vielleicht hatte sie ihn auch gequält, wie es nur die Frauen verstehen, einen Menschen zu quälen.

»Du bist betrübt, mein armer Awdej, gestehe es!«

Lutschkow lachte.

»Nun, ich glaube, ich habe keinen Grund, betrübt zu sein«, sagte er langsam, sich selbstgefällig den Schnurrbart streichend. »Nein, siehst du, Fedja«, fuhr er belehrend fort, »ich wollte dir nur sagen, dass du dich in den Frauen täuschst, mein Freund. Glaube es mir, Fedja, sie sind alle gleich. Man braucht sich nur ein wenig zu bemühen, ein wenig zu scharwenzeln, und die Sache ist gemacht. Zum Beispiel diese Mascha Perekatowa ...«

»Nun?«

Lutschkow klopfte mit dem Absatz auf den Boden und schüttelte den Kopf.

»Ich glaube, an mir ist doch nichts Besonderes und Anziehendes, nicht wahr? Ich glaube, nichts. Es ist doch nichts an mir? Und doch bin ich für morgen zu einem Rendezvous bestellt.«

Kister richtete sich auf, stützte sich auf einen Ellenbogen und blickte Lutschkow erstaunt an.

»Abends, im Wäldchen ...« fuhr Awdej Iwanowitsch ruhig fort. »Denk dir aber nichts dabei. Ich gehe nur so hin. Weißt du, es ist so langweilig. Das Mädel ist recht hübsch ... ich denke mir: Was kann das schaden? Heiraten werde ich sie doch nicht, will nur meine Jugend wieder aufleben lassen. Ich mag mich nicht mit Weibern abgeben, aber so einem Mädel mach ich gerne das Vergnügen. Wir wollen zusammen die Nachtigallen hören. Eigentlich wäre das was für dich, aber diese Weiber haben gar keine Augen. Was bin ich gegen dich?«

Lutschkow sprach noch lange. Kister hörte ihm aber nicht zu. Der Kopf schwindelte ihm. Er erbleichte und fuhr sich mit der Hand übers Gesicht. Lutschkow wiegte sich im Sessel, kniff die Augen zusammen, streckte sich und erstickte schier vor

– Я хотел сказать, что... Однако почему ты именно, сегодня... именно теперь... заговорил о женщинах?

-Так! -Авдей значительно улыбнулся. -Так! Кистер пронзительно поглядел на своего приятеля. Он подумал (чистая душа!), что Маша дурно с ним обошлась; пожалуй, помучила его, как одни женщины умеют мучить.

– Ты огорчен, мой бедный Авдей; признайся... Лучков расхохотался,

– Ну, огорчаться мне, кажется, нечем,– промолвил он с расстановкой, самодовольно разглаживая усы.– Нет, вот видишь ли что, Федя,– продолжал он тоном наставника,– я хотел тебе только заметить, что ты насчет женщин ошибаешься, друг мой. Поверь мне, Федя, они все на одну стать. Стоит похлопотать немного, повертеться около них -и дело в шляпе. Вот хоть бы Маша Перекатова...

– Ну! Лучков постучал ногой об пол и покачал головой.

– Кажется, что во мне такого особенного и привлекательного, а? Кажется, ничего. Ведь ничего? А вот завтра мне назначено свидание.

Кистер приподнялся, оперся на локоть и с изумлением посмотрел на Лучкова.

– Вечером, в роще...– спокойно продолжал Авдей Иванович.– Но ты не думай чего-нибудь такого. Я только так. Знаешь – скучно. Девочка хорошенькая... ну, думаю, что за беда? Жениться-то я не женюсь... а так, тряхну стариной. Бабиться не люблю – а девчонку потешить можно. Вместе послушаем соловьев. Это – по-настоящему, твое дело; да, вишь, у этого бабья глаз нету. Что я, кажись, перед тобой?

Лучков говорил долго. Но Кистер его не слушал. У него голова пошла кругом. Он бледнел и проводил рукою по лицу. Лучков покачивался в креслах, жмурился, потягивался – и, приписывая ревности волнение Кисте-

Freude, weil er die Erregung Kisters der Eifersucht zuschrieb. Es war aber nicht Eifersucht, was Kister quälte: Nicht das Geständnis hatte ihn verletzt, sondern die rohe Geringschätzung Awdejs, seine gleichgültige und verächtliche Äußerung über Mascha. Er sah den Kampfhahn durchdringend an, und es war ihm, als hätte er zum ersten Mal seine Züge richtig durchschaut. Darum hatte er sich also so bemüht! Dazu hatte er seine eigene Neigung geopfert! Das war die segensreiche Wirkung der Liebe!

»Awdej ... liebst du sie denn nicht?« murmelte er schließlich.

»Oh, Unschuld! Oh, Arkadien!« entgegnete Awdej mit boshaftem Lachen.

Der gute Kister gab auch jetzt noch nicht nach: Er glaubte, dass Awdej vielleicht nur aus Gewohnheit so boshaft Theater spiele. Er hatte noch keine neuen Worte für seine neuen Empfindungen gefunden. Und steckt nicht in ihm selbst, in Kister, hinter dieser Entrüstung vielleicht auch noch ein anderes Gefühl? Vielleicht hatte ihn das Geständnis Lutschkows nur darum so unangenehm berührt, weil es sich um Mascha handelte? Wer kann das wissen, vielleicht ist Lutschkow in sie wirklich verliebt...? Doch nein, tausendmal nein! Dieser Mensch und verliebt. Abscheulich ist dieser Mensch mit seinem galligen, gelben Gesicht, mit seinen krampfhaften, katzenartigen Bewegungen, mit dem vor Freude geblähten Hals ... abscheulich! Nein, mit ganz anderen Worten würde er, Kister, einem treuen Freunde das Geheimnis seiner Liebe mitteilen. In überfließender Freude, mit stummem Entzücken, mit Tränen in den Augen würde er sich an seine Brust schmiegen.

»Nun, Bruder?« sagte Awdej. »Hast es doch nicht erwartet, gestehe nur! Und jetzt ärgerst du dich? Wie? Beneidest mich? Gestehe doch, Fedja! Wie? Ich habe dir das Mädel doch vor der Nase weggeschnappt!«

Kister wollte ihm alles sagen, wandte sich aber mit dem Gesicht zur Wand. »Mich aussprechen? Vor ihm? Um nichts in der Welt!« flüsterte er vor sich hin. »Er versteht mich nicht. Gut! Er schreibt mir lauter schlechte Beweggründe zu, soll er nur!«

Awdej erhob sich.

ра, чуть не задыхался от удовольствия. Но Кистера мучила не ревность: он был оскорблен не самим признанием, но грубой небрежностью Авдея, его равнодушным и презрительным отзывом о Маше. Он продолжал пристально глядеть на бретера – и, казалось, в первый раз хорошенько рассмотрел его черты. Так вот из чего хлопотал он! Вот для чего жертвовал собственной наклонностью! Вот оно, благодатное действие любви!

– Авдей... разве ты ее не любишь? – пробормотал он наконец.

– О невинность! о Аркадия! – с злобным хохотом возразил Авдей.

Добрый Кистер и тут не поддался: «Может быть,– думал он,– Авдей злится и «ломается» по привычке... он не нашел еще новых слов для выражения новых ощущений. Да и в нем самом – в Кистере – не скрывается ли другое чувство под негодованием? Не оттого ли так неприятно поразило его признание Лучкова, что дело касалось Маши? Почему знать, может быть. Лучков действительно в нее влюблен... Но нет! нет! тысячу раз нет! Этот человек влюблен?.. Гадок этот человек с своим желчным и желтым лицом, с своими судорожными и кошачьими движениями, с приподнятым от радости горлом... гадок! Нет, не такими словами высказал бы Кистер преданному другу тайну любви своей... В избытке счастия, с немым восторгом, с светлыми, обильными слезами на глазах прижался бы он к его груди...»

– Что, брат? – говорил Авдей,– не ожидал, признайся? и теперь самому досадно? а? завидно? признайся, Федя! а? а? Ведь из-под носу подтибрил у тебя девчонку!

Кистер хотел было высказаться, но отвернулся лицом к стене. «Объяснять... перед ним? Ни за что! - шептал он про себя.– Он меня не понимает... пусть! Он предполагает во мне одни дурные чувства - пусть!..»

Авдей встал.

»Ich sehe, du willst schlafen«, sagte er mit geheuchelter Teilnahme. »Ich will nicht stören. Schlaf wohl, mein Freund... schlaf!«

Und Lutschkow ging, über die Maßen mit sich zufrieden.

Kister konnte bis zum Tagesanbruch nicht einschlafen. Mit fieberhaftem Trotz grübelte er immer über denselben Gedanken – eine Beschäftigung, die den unglücklich Verliebten nur zu gut bekannt ist; sie wirkt auf die Seele wie ein Blasebalg auf glimmende Kohlen.

Und wenn Lutschkow gegen sie auch gleichgültig ist, dachte er sich, wenn sie sich ihm selbst an den Hals geworfen hat, so durfte er doch nicht zu mir, zu seinem Freund, so unehrerbietig, so verletzend von ihr sprechen! Was hat sie verbrochen? Wie hat man nicht mit so einem armen, unerfahrenen jungen Mädchen Mitleid?

Hat sie ihm aber wirklich ein Stelldichein gewährt? Ja, es wird wohl so sein. Awdej lügt nicht, er lügt niemals. Vielleicht ist es aber nur so eine Laune von ihr.

Sie kennt ihn aber nicht. Er ist vielleicht imstande, sie zu beleidigen. Nach dem heutigen Abend will ich für nichts bürgen.

Haben Sie ihn, Herr Kister, nicht selbst gelobt und gepriesen? Haben Sie nicht selbst ihre Neugierde geweckt? ... Wer konnte es aber wissen? Wer konnte es voraussehen?

Was voraussehen? Hatte er denn aufgehört, mein Freund zu sein? Ja, war er denn überhaupt je mein Freund? Diese Enttäuschung! Diese Lektion!

Alles Vergangene drehte sich vor den Augen Kisters wie im Wirbel. »Ja, ich habe ihn geliebt«, flüsterte er endlich. »Warum habe ich ihn zu lieben aufgehört? So schnell? Liebe ich ihn denn nicht mehr? Nein, warum habe ich ihn lieb gewonnen? Ich allein?«

Das liebende Herz Kisters hing eben darum an Awdej, weil alle anderen ihn mieden. Doch der gute junge Mann wusste selbst nicht, wie groß seine Güte war.

»Meine Pflicht ist«, fuhr er fort, »Marja Sergejewna zu warnen. Doch wie? Welch ein Recht habe ich, mich in fremde Angelegenheiten, in eine fremde Liebe einzumischen? Woher kann

– Я вижу, ты спать хочешь,– проговорил он с притворным участием, – я тебе не хочу мешать. Спи спокойно, друг мой… спи!

И Лучков вышел, весьма довольный собою.

Кистер не мог заснуть до зари. Он с лихорадочным упрямством перевертывал и передумывал одну и ту же мысль – занятие, слишком известное несчастным любовникам; оно действует на душу, как мехи на тлеющий уголь.

«Если даже, – думал он, – Лучков к ней равнодушен, если она сама бросилась ему на шею, все-таки не должен он был даже со мной, с своим другом, так непочтительно, так обидно говорить о ней! Чем она виновата? Как не пожалеть бедной, неопытной девушки?

Но неужели она ему назначила свидание? Назначила – точно назначила. Авдей не лжет; он никогда не лжет. Но, может быть, это в ней так, одна фантазия…

Но она его не знает… Он в состоянии, пожалуй, оскорбить ее. После сегодняшнего дня я ни за что не отвечаю… А не сами ли вы, господин Кистер, его расхваливали и превозносили? Не сами ли вы возбудили ее любопытство?.. Но кто ж это знал? Кто это мог предвидеть?..

Что предвидеть? Давно ли он перестал быть моим другом?.. Да полно, был ли он когда моим другом? Какое разочарование! Какой урок!»

Все прошедшее вихрем крутилось перед глазами Кистера. «Да, я его любил,– прошептал он наконец.– Отчего же я разлюбил его? Так скоро?.. Да разлюбил ли я его? Нет, отчего полюбил я его? Я один?»

Любящее сердце Кистера оттого именно и привязалось к Авдею, что все другие его чуждались. Но добрый молодой человек не знал сам, как велика его доброта.

«Мой долг,– продолжал он,– предупредить Марью Сергеевну. Но как? Какое право имею я вмешиваться в чужие дела, в чужую любовь? Почему я знаю, какого ро-

ich wissen, wie diese Liebe geartet ist? Vielleicht ist auch in Lutschkow selbst ... Nein! Nein!« sagte er laut, geärgert, beinahe weinend, indem er seine Kopfkissen zurechtrückte. »Dieser Mensch ist wie Stein.«

Ich bin selbst schuld. Ich habe einen Freund verloren ... Ein netter Freund! Auch sie ist nett! Was bin ich doch für ein abscheulicher Egoist! Nein, nein! Aus tiefster Seele wünsche ich ihnen Glück ... Glück! Er macht sich doch über sie lustig! Und warum färbt er sich den Schnurrbart? Ich glaube wirklich ... Ach, wie bin ich doch lächerlich! sagte er sich im Einschlafen.

VII

Kister fuhr am anderen Morgen zu den Perekatows. Er bemerkte gleich auf den ersten Blick eine große Veränderung in Mascha und sie in ihm; doch beide sagten davon kein Wort. Den ganzen Morgen fühlten sie sich beide, ganz gegen ihre Gewohnheit, befangen. Kister hatte sich zu Hause eine Menge doppelsinniger Sätze und Andeutungen und freundschaftlicher Ratschläge zurechtgelegt, doch alle diese Vorbereitungen erwiesen sich als vollkommen unnütz. Mascha fühlte dunkel, dass Kister sie beobachtete. Es kam ihr vor, als spreche er manche Worte mit besonderer Betonung. Weil sie sich aber erregt fühlte, traute sie nicht recht ihren Wahrnehmungen. – Dass es ihm nur nicht einfällt, bis zum Abend hierzubleiben! Dachte sie sich fortwährend und versuchte, auch ihm zu verstehen zu geben, dass er hier überflüssig sei. Kister fasste seinerseits ihre Unruhe, ihre Befangenheit als sichere Beweise für ihre Verliebtheit auf, und je mehr er für sie fürchtete, um so weniger konnte er sich entschließen, die Rede auf Lutschkow zu bringen; auch Mascha vermied es hartnäckig, von ihm zu sprechen. Der arme Fjodor Fjodorowitsch hatte es sehr schwer. Endlich fing er an, seine eigenen Gefühle zu verstehen. Noch nie hatte ihm Mascha besser gefallen. Offenbar hatte sie die ganze Nacht nicht geschlafen. Ihr blasses Gesicht zeigte einzelne rötliche Flecken, sie hielt sich leicht gebückt; ein ungewolltes, mattes Lächeln wich nicht von ihren Lippen. Ab und zu lief ein Zittern über ihre blassen Schultern, ihre Blicke entzündeten sich langsam und erloschen schnell wieder.

да эта любовь? Может быть, и в самом Лучкове...»-Нет! нет! - говорил он вслух, с досадой, почти со слезами, поправляя подушки,– этот человек камень...

– Я сам виноват... я потерял друга... Хорош друг! Хороша и она!.. Какой я гадкий эгоист!– Нет, нет!! от глубины души желаю им счастья... Счастья! да он смеется над ней!.. И зачем он себе усы красит? Уж, право, кажется... Ах, как я смешон! – твердил он засыпая.

VII

На другой день, утром, Кистер поехал к Перекатовым. При свидании и Кистер заметил большую перемену в Маше, и Маша нашла в нем перемену; но промолчали оба. Все утро им было, против обыкновения, неловко. Дома Кистер приготовил било множество двусмысленных речей и намеков, дружеских советов... но все эти приготовления оказались совершенно бесполезными. Маша смутно чувствовала, что Кистер за ней наблюдает; ей казалось, что он с намерением значительно произносит иные слова; но она также чувствовала в себе волнение и не верила своим наблюдениям. «Как бы он не вздумал остаться до вечера!» - беспрестанно думала она и старалась дать ему понять, что он лишний. С своей стороны, Кистер принимал ее неловкость, ее тревогу за очевидные признаки любви, и чем более он за нее боялся, тем менее решался говорить о Лучкове; а Маша упорно молчала о нем. Тяжело было бедному Федору Федоровичу. Он начинал наконец понимать собственные чувства. Никогда Маша ему не казалась милей. Она, видимо, не спала во всю ночь. Легкий румянец пятнами выступал на ее бледном лице; стан слегка сгибался, невольная томная улыбка не сходила с губ; изредка пробегала дрожь по ее побледневшим плечам; взгляды тихо разгорались и быстро погасали...

Nenila Makarjewna setzte sich zu den beiden und brachte, vielleicht mit Absicht, die Rede auf Awdej Iwanowitsch. Mascha wappnete sich aber in Gegenwart der Mutter, *jusqu'aux dents*, wie die Franzosen sagen, und verriet sich durch keine Silbe. So verging der ganze Morgen.

»Sie essen doch bei uns zu Mittag?« fragte Nenila Makarjewna Kister.

Mascha wandte sich weg.

»Nein«, antwortete Kister eilig mit einem Blick auf Mascha. »Sie müssen mich entschuldigen ... dienstliche Pflichten.«

Nenila Makarjewna äußerte, wie üblich, ihr Bedauern; gleich nach ihr äußerte auch Herr Perekatow etwas. »Ich will niemand stören«, wollte Kister Mascha im Vorbeigehen sagen; er beugte sich aber vor und flüsterte ihr statt dessen zu: »Seien Sie glücklich. Leben Sie wohl. Nehmen Sie sich in acht!« und verschwand.

Mascha atmete erleichtert auf; sein Weggehen machte ihr aber bald Angst. Was quälte sie? Liebe oder Neugier? Das Weiß Gott allein; wir wiederholen nur: Die Neugierde allein genügte, um Eva zugrunde zu richten.

VIII

»Lange Wiese« hieß ein breites, flaches Feld auf dem rechten Ufer des Flüsschens Snjeschinka, eine Werst vom Gute der Perekatows entfernt. Das linke, mit jungem dichtem Eichenwald bedeckte Ufer erhob sich steil über dem Flüsschen, das fast ganz mit Schilf bewachsen war und nur hie und da kleine freie Buchten hatte, in denen sich Wildenten aufhielten. Eine halbe Werst hinter dem Flüsschen, rechts von der »Langen Wiese«, waren runde, wellige Hügel, auf denen sich hie und da alte Birken, Hasel- und Maßholderbüsche erhoben.

Die Sonne ging eben unter. Die Mühle rauschte und klapperte in der Ferne, bald lauter, bald leiser, je nach dem Wind. Auf der Wiese weideten träge die herrschaftlichen Pferde. Ein Hirt folgte singend einer Herde gieriger und scheuer Schafe. Die Schäferhunde jagten vor Langeweile den Krähen nach.

Ненила Макарьевна подсела к ним и, может быть, с намерением упомянула об Авдее Ивановиче. Но Маша в присутствии матери вооружилась jusqu'aux dents, как говорят французы, и не выдала, себя нисколько. Так прошло все утро.

– Вы обедаете у нас? - спросила Ненила Макарьевна Кистера.

Маша отвернулась.

– Нет, - поспешно произнес Кистер и взглянул на Машу.– Вы меня извините… обязанности службы…

Ненила Макарьевна изъявила свое сожаление, как водится; вслед за ней изъявил что-то Перекатов. «Я никому не хочу мешать,– хотел сказать Кистер Маше, проходя мимо, но вместо того наклонился, шепнул: – Будьте счастливы… прощайте… берегитесь..»-и скрылся.

Маша вздохнула от глубины души, а потом испугалась его отъезда. Что ж ее мучило? любовь или любопытство? Бог знает; но, повторяем, одного любопытства достаточно было, чтобы погубить Еву.

VIII

Долгим Лугом называлась широкая ровная поляна на правой стороне речки Снежинки, в верст от имения Перекатовых. Левый берег, весь покрытый молодым густым дубняком, круто возвышался над речкой, почти заросшей лозняками, исключая небольших «заводей», пристанища диких уток. В полуверсте от речки, по правую же сторону Долгого Луга, начинались покатые, волнистые холмы, редко усеянные старыми березами, кустами орешника и калины.

Солнце садилось. Мельница шумела и стучала вдали, то громче, то тише, смотря по ветру. Господский табун лениво бродил по лугу; пастух шел, напевая, за стадом жадных и пугливых овец; сторожевые собаки со скуки гнались за воронами.

Lutschkow ging mit gekreuzten Armen im Wäldchen auf und ab. Sein angebundenes Pferd hatte schon mehr als einmal voller Ungeduld auf das helle Gewieher der Fohlen und Stuten geantwortet. Awdej ärgerte sich wie immer und war zugleich befangen. Von der Liebe Maschas noch nicht völlig überzeugt, zürnte er ihr schon und ärgerte sich über sich selbst – doch die Erregung erdrückte in ihm den Ärger. Endlich blieb er vor einer breiten Haselstaude stehen und fing an, mit seiner Gerte die äußersten Blätter abzuschlagen.

Er hörte ein leises Geräusch. Er hob den Kopf. Zehn Schritte vor ihm stand Mascha, vom schnellen Gehen gerötet, in Hut, doch ohne Handschuhe, in einem weißen Kleid, mit einem in aller Eile umgebundenen Tüchlein am Halse. Sie senkte die Augen und schwankte leicht.

Awdej ging linkisch mit gezwungenem Lächeln auf sie zu.

»Wie glücklich bin ich ...« begann er kaum hörbar.

»Ich freue mich sehr, Sie wiederzusehen«, unterbrach ihn Mascha, schwer atmend. »Ich pflege hier jeden Abend spazieren zu gehen ... und Sie ...«

Lutschkow verstand aber nicht mal, ihre Scham zu schonen und sie in ihrer unschuldigen Lüge zu unterstützen.

»Ich glaube doch, Marja Sergejewna«, sagte er mit großer Würde, »Sie wollten es selbst ...«

»Ja, ja« entgegnete Mascha eilig. »Sie wollten mich sehen? Sie wollten ...« Ihre Stimme versagte.

Lutschkow schwieg. Mascha hob schüchtern die Augen.

»Entschuldigen Sie mich«, begann er, ohne sie anzusehen. »Ich bin ein einfacher Mensch und bin es nicht gewohnt, mit Damen zu sprechen ... Ich wollte Ihnen sagen ... ich glaube aber, Sie sind gar nicht geneigt, mich anzuhören ...«

»Sprechen Sie.«

»Sie befehlen ... Nun, ich will Ihnen ganz offen sagen, dass ich schon längst, seitdem ich die Ehre hatte, Sie kennenzulernen...«

Awdej hielt inne. Mascha wartete auf die Fortsetzung.

По роще ходил, скрестя руки, Лучков. Его привязанная лошадь уже не раз отозвалась нетерпеливо на звонкое ржание жеребят и кобыл. Авдей злился и робел, по обыкновению. Еще не уверенный в любви Маши, он уже сердился на нее, досадовал на себя... но волнение в нем заглушало досаду. Он остановился наконец перед широким кустом орешника и начал хлыстиком сбивать крайние листья...

Ему послышался легкий шум... он поднял голову... В десяти шагах от него стояла Маша, вся раскрасневшаяся от быстрой ходьбы, в шляпке, но без перчаток, в белом платье, с наскоро завязанным платочком на шее. Она проворно опустила глаза и тихо покачнулась...

Авдей неловко и с натянутой улыбкой подошел к ней.

– Как я счастлив...– начал было он едва внятно.

– Я- очень рада... вас встретить...-задыхаясь, перебила его Маша.- Я обыкновенно гуляю здесь по вечерам... и вы...

Но Лучков не умел даже пощадить ее стыдливости, поддержать ее невинную ложь.

– Кажется, Марья Сергеевна,- промолвил он с достоинством, - вам самим угодно было...

– Да... да...-торопливо возразила Маша. - Вы желали меня видеть, вы хотели...– Голос ее замер. Лучков молчал. Маша робко подняла глаза.

– Извините меня, - начал он, не глядя на нее, - я человек простой и не привык объясняться... с дамами... Я... я желал вам сказать... но, кажется, вы не расположены меня слушать...

– Говорите...

– Вы приказываете... Ну, так скажу вам откровенно, что уже давно, с тех пор как я имел честь с вами познакомиться...

Авдей остановился. Маша ждала конца речи.

»Ich weiß übrigens nicht, wozu ich Ihnen das alles sage. Sein Schicksal kann man doch nicht ändern.«

»Wer kann das wissen!«

»Ich weiß es!« entgegnete Awdej finster. »Ich bin die Schicksalsschläge gewohnt!«

Mascha glaubte, dass Lutschkow wenigstens jetzt keinen Grund habe, über sein Schicksal zu klagen.

»Es gibt aber gute Menschen auf der Welt«, bemerkte sie lächelnd. »Sogar viel zu gute ...«

»Ich verstehe Sie, Marja Sergejewna, und weiß, glauben Sie es mir, Ihre Gewogenheit wohl zu schätzen. Ich ... ich ... Sie werden mir doch nicht zürnen?«

»Nein. Was wollen Sie sagen?«

»Ich will sagen – dass Sie mir gefallen ... Marja Sergejewna, dass Sie mir außerordentlich gefallen.«

»Ich bin Ihnen sehr dankbar«, unterbrach ihn Mascha verlegen. Ihr Herz krampfte sich vor Erwartung und Angst zusammen. »Ach, schauen Sie nur, Herr Lutschkow«, fuhr sie fort, »diese Aussicht!«

Sie zeigte ihm die mit den langen Abendschatten bedeckte, mit dem Rot der untergehenden Sonne übergossene Wiese.

Lutschkow fing an, über diesen plötzlichen Wechsel des Gesprächsthemas erfreut, die Aussicht zu bewundern. Er stellte sich neben Mascha.

»Lieben Sie die Natur?« fragte sie plötzlich, den Kopf schnell zu ihm wendend und ihn mit dem freundlichen, neugierigen und sanften Blick ansehend, der, ebenso wie die helle Stimme, nur jungen Mädchen eigen ist.

»Ja, die Natur ... gewiss«, murmelte Awdej. »Natürlich, es ist angenehm, abends spazieren zu gehen; obwohl ich, offen gestanden, Soldat bin und von solchen Empfindsamkeiten nichts verstehe.« Lutschkow pflegte oft zu sagen, dass er »Soldat« sei.

Es trat eine kurze Pause ein. Mascha blickte noch immer auf die Wiese.

- Впрочем, я не знаю, для чего это все вам говорю… Своей судьбы не переменишь…

- Почему знать…

- Я знаю! - мрачно возразил Авдей.- Я привык встречать ее удары!

Маше показалось, что теперь по крайней мере не следовало Лучкову жаловаться на судьбу.

- Есть добрые люди на свете,- с улыбкой заметила она,- даже слишком добрые…

- Я понимаю вас, Марья Сергеевна, и, поверьте, умею ценить ваше расположение… Я… я… Вы не рассердитесь?

- Нет… Что вы хотите сказать?

- Я хочу сказать… что вы мне нравитесь… Марья Сергеевна, чрезвычайно нравитесь…

- Я очень вам благодарна, - с смущением перебила его Маша; сердце ее сжалось от ожидания и страха. - Ах, посмотрите, господин Лучков, - продолжала она, - посмотрите, какой вид!

Она указала ему на луг, весь испещренный длинными, вечерними тенями, весь алеющий на солнце.

Внутренне обрадованный внезапной переменой разговора, Лучков начал «любоваться» видом. Он стал подле Маши…

- Вы любите природу? - спросила она вдруг, быстро повернув головку и взглянув на него тем дружелюбным, любопытным и мягким взглядом, который, как звенящий голосок, дается только молодым девушкам.

- Да… природа… конечно…-пробормотал Авдей. Конечно… вечером приятно гулять, хотя, признаться, я солдат, и нежности не по моей части.

Лучков часто повторял, что он «солдат». Настало небольшое молчание. Маша продолжала глядеть на луг.

Soll ich nicht weggehen? - dachte sich Awdej. Unsinn! Mut!... »Marja Sergejewna«, begann er mit ziemlich fester Stimme.

Mascha wandte sich zu ihm um.

»Entschuldigen Sie mich«, begann er wie scherzend. »Gestatten Sie mir die Frage, wie Sie über mich denken, ob Sie irgendeine ... Zuneigung für meine Person empfinden.«

Mein Gott, wie ungeschickt er doch ist, dachte sich Mascha. »Wissen Sie, Herr Lutschkow«, antwortete sie ihm lächelnd, »dass es nicht immer leicht ist, eine bestimmte Antwort auf eine bestimmte Frage zu geben?«

»Und doch ...«

»Warum wollen Sie es wissen?«

»Ich bitte Sie! Ich möchte es wissen.«

»Aber ... ist es wahr, dass Sie leidenschaftlicher Duellant sind? Sagen Sie, ist es wahr«, fragte Mascha mit ängstlicher Neugier, »dass Sie schon mehr als einen Menschen getötet haben?«

»Es ist wohl vorgekommen«, antwortete Awdej gleichgültig und strich sich den Schnurrbart.

Mascha sah ihn unverwandt an.

»Mit dieser Hand?« flüsterte sie.

Lutschkows Blut geriet indessen in Wallung. Vor ihm stand schon seit mehr als einer Viertelstunde ein hübsches, junges Mädchen.

»Marja Sergejewna«, begann er wieder mit eigentümlicher, scharfer Stimme, »Sie kennen jetzt meine Gefühle, Sie wissen, warum ich Sie habe sehen wollen. Sie waren so gütig... Sagen Sie mir doch endlich, was ich mir erhoffen darf!«

Mascha spielte mit einer Feldnelke. Sie blickte Lutschkow von der Seite an, errötete, lächelte und sagte: »Was sprechen Sie für Dummheiten!« Und sie reichte ihm die Blume.

Awdej ergriff ihre Hand.

«Не уйти ли? - подумал Авдей. Вот вздор! Смелей!..»- Марья Сергеевна...- заговорил он довольно твердым голосом.

Маша обернулась к нему.

- Извините меня,- начал он как бы шутя,- но позвольте, с моей стороны, узнать, что вы думаете обо мне, чувствуете ли какое-нибудь... этакое... расположение к моей особе?

«Боже мой, как он неловок!» - сказала про себя Маша.- Знаете ли вы, господин Лучков,- отвечала она ему с улыбкой, -что не всегда легко дать решительный ответ на решительный вопрос?

- Однако...

- Да на что вам?

- Да я, помилуйте, желаю знать...

- Но... Правда ли, что вы большой дуэлист? Скажите, правда ли,- промолвила Маша с робким любопытством,- говорят, вы уже не одного человека убили?

- Случалось,- равнодушно возразил Авдей и погладил усы.

Маша пристально посмотрела на него.

- Вот этой рукой...- прошептала она.

Между тем кровь разгорелась в Лучкове. Уже более четверти часа молодая хорошенькая девушка вертелась перед ним...

- Марья Сергеевна,- заговорил он опять резким и странным голосом,- вы теперь знаете мои чувства, знаете, зачем я желал вас видеть... Вы были столько добры... Скажите же и вы мне наконец, чего я могу надеяться...

Маша вертела в руках полевую гвоздику... Она взглянула сбоку на Лучкова, покраснела, улыбнулась, сказала: «Какие вы пустяки говорите»,- и подала ему цветок.

Авдей схватил ее за руку.

»Sie lieben mich also!« rief er aus.

Mascha überlief es ganz kalt vor Schreck. Sie dachte gar nicht daran, Awdej ihre Liebe zu gestehen; sie wusste selbst noch nicht bestimmt, ob sie ihn liebte. Da kommt er ihr zuvor und zwingt sie zu einem Geständnis – folglich versteht er sie nicht. Eine so schnelle Lösung hatte sie nicht erwartet.

Mascha hatte sich den ganzen Tag wie ein neugieriges Kind gefragt: »Liebt er mich?«, hatte einen angenehmen Abendspaziergang und respektvolle und zärtliche Worte erwartet, hatte in Gedanken kokettiert, diesen Wilden gezähmt und ihm erlaubt, ihr die Hand zu küssen – und statt dessen ...

Statt dessen fühlte sie an ihrer Wange den rauen Schnurrbart Awdejs.

»Wollen wir glücklich sein«, flüsterte er, »es gibt doch nur ein Glück auf Erden!« Mascha zuckte zusammen, lief erschrocken zur Seite und blieb ganz blass stehen, sich mit der Hand gegen eine Birke stützend. Awdej wurde furchtbar verlegen.

»Entschuldigen Sie«, murmelte er, auf sie zugehend, »ich dachte wirklich nicht ...«

Mascha starrte ihn schweigend an. Ein unangenehmes Lächeln verzerrte seine Lippen, rote Flecken waren ihm ins Gesicht getreten.

»Was fürchten Sie denn?« fuhr er fort. »Ist es denn eine so große Sache? Unter uns ist doch schon alles ...«

Mascha schwieg.

»Hören Sie auf! Was für Dummheiten! Das ist doch nur so...

Lutschkow streckte ihr seine Hand entgegen.

Mascha erinnerte sich an Kister und an sein »Nehmen Sie sich in acht«; sie erstarb vor Schreck und schrie mit ziemlich kreischender Stimme: »Tanjuscha!«

Aus dem Haselgebüsch tauchte das runde Gesicht des Dienstmädchens auf.

Awdej verlor die Fassung. Durch die Nähe ihrer Zofe beruhigt, rührte sich Mascha nicht vom Fleck.

– Итак, вы меня любите! – воскликнул он. Маша вся похолодела от испуга. Она не думала признаваться Авдею в любви; она сама еще наверное не знала, любит ли она его, и вот уж он ее предупреждает, насильно заставляет высказаться – стало быть, он ее не понимает... Эта мысль быстрее молнии сверкнула в голове Маши. Она никак не ожидала такой скорой развязки... Маша, как любопытный ребенок, целый день себя спрашивала: «Неужели Лучков меня любит?»,– мечтала о приятной вечерней прогулке, почтительных и нежных речах, мысленно кокетничала, приучала к себе дикаря, позволяла при прощанье поцеловать свою руку... и вместо того...

Вместо того она вдруг почувствовала у себя на щеке жесткие усы Авдея...

– Будемте счастливы,– шептал он,– ведь только есть одно счастье на земле!..

Маша вздрогнула, с ужасом отбежала в сторону и, вся бледная, остановилась, опираясь рукой о березу. Авдей смешался страшно.

– Извините меня,– бормотал он, подвигаясь к ней,– я, право, не думал...

Маша молча, во все глаза, глядела на него... Неприятная улыбка кривила его губы... красные пятна выступили на его лице...

– Чего же вы боитесь? – продолжал он,– велика важность? Ведь между нами уже все... того... Маша молчала.

– Ну, полноте!.. что за глупости? это только так... Лучков протянул к ней руку...

Маша вспомнила Кистера, его «берегитесь», замерла от страха и довольно визгливым голосом закричала:

– Танюша!

Из-за орехового куста вынырнуло круглое лицо горничной... Авдей потерялся совершенно. Успокоенная присутствием своей прислужницы, Маша не тронулась с места.

Der Kampfhahn erzitterte aber vor Wut. Seine Augen wurden ganz klein; er ballte die Fäuste und fing an, krampfhaft zu lachen.

»Bravo! Bravo! Das ist gescheit, das muss ich schon sagen!« schrie er.

Mascha erstarrte zu Stein.

»Wie ich sehe, haben Sie alle Vorsichtsmaßregeln getroffen, Marja Sergejewna! Vorsicht schadet nie. Das ist wirklich nett! Heutzutage sind die jungen Mädchen schlauer als die Alten. Und das soll Liebe sein!«

»Ich weiß nicht, Herr Lutschkow, wer Ihnen das Recht gibt, von Liebe zu sprechen ... was für eine Liebe meinen Sie?«

»Wieso, wer? Sie selbst!« unterbrach sie Lutschkow. »Das ist doch sonderbar!« Er fühlte, dass er alles verdarb, konnte sich aber nicht mehr beherrschen.

»Ich habe unüberlegt gehandelt«, versetzte Mascha. »Ich bin auf Ihre Bitte eingegangen, weil ich mich auf Ihre verließ ... Sie verstehen aber nicht Französisch: also auf Ihre Höflichkeit.«

Awdej erbleichte. Mascha hatte ihn mitten ins Herz getroffen!

»Ich verstehe nicht Französisch, mag sein; aber ich verstehe ... ich verstehe, dass es Ihnen beliebt, sich über mich lustig zu machen.«

»Durchaus nicht, Awdej Iwanowitsch. Ich bedaure es sogar sehr ...«

»Sprechen Sie, bitte, nicht von Ihrem Bedauern«, unterbrach sie Awdej zornig »verschonen Sie mich, bitte, damit!«

»Herr Lutschkow ...«

»Spielen Sie keine Herzogin! Vergebliche Mühe! Sie schüchtern mich damit nicht ein.«

Mascha trat einen Schritt zurück, wandte sich schnell um und ging fort.

Но бретер весь затрепетал от прилива злости; глаза его съежились; он стиснул кулаки и судорожно захохотал.

– Браво! браво! Умно, нечего сказать! – закричал он. Маша остолбенела.

– Вы, я вижу, приняли все меры предосторожности, Марья Сергеевна? Осторожность никогда не мешает. Каково? В наше время барышни дальновиднее стариков. Вот тебе и любовь!

– Я не знаю, господин Лучков, кто вам дал право говорить о любви... о какой любви?

– Как кто? Да вы сами! - перебил ее Лучков, - вот еще!– Он чувствовал, что портит все дело, но не мог удержаться.

– Я поступила необдуманно, - проговорила Маша.

–Я снизошла на вашу просьбу в надежде на вашу délicatesse... да вы не понимаете по-французски, – на вашу вежливость...

Авдей побледнел. Маша поразила его в самое сердце.

– Я не понимаю по-французски... может быть; но я понимаю... я понимаю, что вам угодно было смеяться надо мной...

– Совсем нет, Авдей Иваныч... я даже очень сожалею...

– Уж, пожалуйста, не толкуйте о вашем сожалении,– с запальчивостью перебил ее Авдей,– уж от этого-то вы меня избавьте!

– Господин Лучков...

– Да не извольте смотреть герцогиней... Напрасный труд! меня вы не запугаете.

Маша отступила шаг назад, быстро повернулась и пошла прочь.

»Soll ich Ihnen Ihren Freund, Ihren Schäfer, das empfindsame Herz Kister schicken?« schrie ihr Awdej nach. Er hatte den Kopf verloren. »Ist es nicht dieser Freund ... der?«

Mascha antwortete ihm nicht und ging schnell und frohen Mutes weiter. Sie fühlte sich, trotz des Schreckens und der Erregung, erleichtert. Es war ihr, als wäre sie aus einem schweren Traum erwacht, aus einem dunklen Zimmer ins Freie, in die Sonne getreten.

Awdej sah sich wie besessen um, brach in stummer Wut ein junges Bäumchen ab, sprang in den Sattel und bohrte seinem Pferd die Sporen so wütend in die Flanken und zerrte so erbarmungslos an den Zügeln, dass das arme Tier, nachdem es die acht Werst in einer Viertelstunde zurückgelegt hatte, in derselben Nacht beinahe einging.

Kister, der bis Mitternacht vergebens auf Lutschkow gewartet hatte, begab sich am nächsten Morgen selbst zu ihm. Der Bursche meldete Fjodor Fjodorowitsch, dass sein Herr noch schlafe und befohlen habe, niemand vorzulassen. »Auch mich nicht?« – »Auch Sie nicht, Euer Wohlgeboren.« Kister ging, von qualvoller Unruhe gepeinigt, einige Mal über die Straße und kehrte nach Hause zurück. Hier übergab ihm sein Diener ein Billett.

»Von wem?«

»Von den Perekatows. Der Vorreiter Artjomka hat es hergebracht.«

Kister zitterten die Hände.

»Er soll einen Gruß ausrichten und auf Antwort warten. Soll ich dem Artjomka einen Schnaps geben?«

Kister entfaltete langsam das Billett und las Folgendes:

»Lieber guter Fjodor Fjodorowitsch!

Ich muss Sie sehr dringend sprechen. Kommen Sie, wenn möglich, heute. Schlagen Sie mir meine Bitte nicht ab, ich beschwöre Sie bei unserer alten Freundschaft. Wenn Sie nur wüssten ... aber Sie werden alles erfahren. Auf Wiedersehen – nicht wahr?

Marie.

– Прикажете вам прислать вашего друга, вашего пастушка, чувствительного Сердечкина, Кистера? - закричал ей вслед Авдей. Он терял голову. -Уж не этот ли приятель?..

Маша не отвечала ему и поспешно, радостно удалялась. Ей было легко, несмотря на испуг и волненье. Она как будто пробудилась от тяжелого сна, из темной комнаты вышла на воздух и солнце… Авдей как исступленный посмотрел кругом, с молчаливым бешенством сломал молодое деревцо, вскочил на лошадь и так яростно вонзал в нее шпоры, так безжалостно дергал и крутил поводья, что несчастное животное, проскакав восемь верст в четверть часа, едва не издохло в ту же ночь…

Кистер напрасно до полуночи прождал Лучкова и на другой день утром сам отправился к нему. Денщик доложил Федору Федоровичу, что барин-де почивает и не велел никого принимать. «И меня не велел?»-«И ваше благородие не велел». Кистер с мучительным беспокойством прошелся раза два по улице, вернулся домой. Человек ему подал записку.

– От кого?

– От Перекатовых-с. Артемка-фалетор привез. У Кистера задрожали руки.

– Приказали кланяться. Приказали ответа просить-с. Артемке прикажете дать водки-с?

Кистер медленно развернул записочку и прочел следующее:

«Любезный, добрый Федор Федорович!

Мне очень, очень нужно вас видеть. Приезжайте, если можете, сегодня. Не откажите мне в моей просьбе, прошу вас именем нашей старинной дружбы. Если б вы знали… да вы все узнаете. До свидания – не правда ли?

Marie.

P. S. Kommen Sie unbedingt heute.«

»Soll ich dem Vorreiter Artjomka einen Schnaps geben?«

Kister sah seinem Diener lange erstaunt ins Gesicht und ging, ohne ein Wort zu sagen, hinaus.

»Der Herr hat gesagt, ich soll dir einen Schnaps geben und auch selbst mit dir trinken«, sagte Kisters Diener zum Vorreiter Artjomka.

IX

Mascha kam Kister, als er in den Salon trat, mit einem so heiteren und dankbaren Gesicht entgegen, drückte ihm so freundschaftlich und so fest die Hand, dass sein Herz vor Freude heftig zu schlagen anfing und ihm ein Stein vom Herzen fiel. Mascha sagte ihm übrigens kein Wort und verließ sofort das Zimmer. Sergej Sergejewitsch saß auf dem Sofa und legte Patience. Sie kamen ins Gespräch. Sergej Sergejewitsch hatte noch nicht Zeit gehabt, die Rede mit gewohnter Geschicklichkeit auf seinen Hund zu bringen, als Mascha schon zurückkam, mit der karierten, seidenen Schärpe, der Lieblingsschärpe Kisters, angetan. Auch Nenila Makarjewna kam ins Zimmer und begrüßte Fjodor Fjodorowitsch sehr freundlich. Beim Mittagessen lachten und scherzten sie alle; selbst Sergej Sergejewitsch geriet in Begeisterung und gab einen seiner lustigsten Jugendstreiche zum Besten, wobei er, wie der Vogel Strauß, den Kopf vor seiner Frau versteckte.

»Wollen wir etwas Spazierengehen, Fjodor Fjodorowitsch«, sagte Mascha zu Kister nach dem Essen mit jener freundlichen Gewalt in der Stimme, die zu wissen scheint, dass man sich ihr mit Freuden fügt. »Ich muss mit Ihnen eine sehr wichtige Sache besprechen«, fügte sie mit graziöser Feierlichkeit hinzu, während sie sich die schwedischen Handschuhe anzog. »Kommst du mit, *maman*?«

»Nein«, entgegnete Nenila Makarjewna.

»Wir gehen aber nicht in den Garten.«

»Wohin denn?«

»Nach der Langen Wiese, ins Wäldchen.«

»Nimm Tanjuscha mit.«

P. S. Непременно приезжайте сегодня».

– Так прикажете-с Артемке-фалетору поднести водки? Кистер долго, с изумлением посмотрел в лицо своему человеку и вышел, не сказав ни слова.

– Барин приказал тебе водки поднести и мне приказал с тобой выпить, - говорил Кистеров человек Артемке-фалетору.

IX

Маша с таким ясным и благодарным лицом пошла навстречу Кистеру, когда он вошел в гостиную, так дружелюбно и крепко стиснула ему руку, что у него сердце забилось от радости и камень свалился с груди. Впрочем, Маша не сказала ему ни слова и тотчас вышла из комнаты. Сергей Сергеевич сидел на диване и раскладывал пасьянс. Начался разговор. Не успел еще Сергей Сергеевич с обычным искусством навести стороною речь на свою собаку, как уже Маша возвратилась с шелковым клетчатым поясом на платье, любимым поясом Кистера. Явилась Ненила Макарьевна и дружелюбно приветствовала Федора Федоровича. За обедом все смеялись и шутили; сам Сергей Сергеевич одушевился и рассказал одну из самых веселых проказ своей молодости,– причем он, как страус, прятал голову от жены.

– Пойдемте гулять, Федор Федорович,– сказала Кистеру Маша после обеда с той ласковою властью в голосе, которая как будто знает, что вам весело ей покориться. Мне нужно переговорить с вами о важном, важном деле,– прибавила она с грациозною торжественностью, надевая шведские перчатки.– Пойдешь ты с нами, maman?

– Нет,- возразила Ненила Макарьевна.

– Да мы не в сад идем.

– А куда же?

– В Долгий Луг, в рощу.

– Возьми с собой Танюшу.

»Tanjuscha, Tanjuscha!« rief Mascha mit heller Stimme, leichter als ein Vogel aus dem Zimmer hüpfend.

Nach einer Viertelstunde gingen Mascha und Kister in der Richtung zur Langen Wiese. Als sie an der Herde vorbeikamen, fütterte sie ihre Lieblingskuh mit Brot, streichelte ihr den Kopf und zwang auch Kister, dasselbe zu tun. Mascha war lustig und plauderte viel. Kister ging gern auf alles ein, obwohl er mit Ungeduld auf ihre Erklärungen wartete. Tanjuscha folgte ihnen in respektvoller Entfernung und warf ihrem Fräulein ab und zu einen schelmischen Blick zu.

»Sind Sie mir böse, Fjodor Fjodorowitsch?« fragte Mascha.

»Ihnen, Marja Sergejewna? Warum denn?«

»Vorgestern ... Sie wissen noch?«

»Sie waren nicht in Stimmung, das ist alles.«

»Warum gehen wir getrennt? Geben Sie mir den Arm. Ja, so... Auch Sie waren nicht in Stimmung.«

»Ja, auch ich.«

»Aber heute bin ich in Stimmung, nicht wahr?«

»Ja, heute scheint es so.«

»Und wissen Sie, warum? Weil ...«, Mascha schüttelte ernst den Kopf. »Ich weiß schon, warum. Weil ich mit Ihnen bin«, fügte sie hinzu, ohne Kister anzusehen.

Kister drückte ihr still die Hand.

»Warum fragen Sie mich nicht?« sagte Mascha leise.

»Wonach?«

»Nun, verstellen Sie sich doch nicht! Nach meinem Brief.«

»Ich wartete ...«

»Darum ist es mir auch so lustig in Ihrer Gesellschaft«, unterbrach ihn Mascha lebhaft, »weil Sie ein guter und zartfühlender Mensch sind, weil Sie nicht imstande sind ... *parceque vous avez de la délicatesse.* Ihnen kann man es sagen: Sie verstehen Französisch.«

Kister verstand wohl Französisch, aber nicht, was ihm Mascha sagen wollte.

– Танюша, Танюша! –звонко крикнула Маша, легче птицы выпорхнув из комнаты.

Через четверть часа Маша шла с Кистером к Долгому Лугу. Проходя мимо стада, она покормила хлебом свою любимую корову, погладила ее по голове и Кистера заставила приласкать ее. Маша была весела и болтала много. Кистер охотно вторил ей, хотя с нетерпением ждал объяснений… Танюша шла сзади в почтительном отдалении и лишь изредка лукаво взглядывала на барышню.

– Вы на меня не сердитесь, Федор Федорович? – спросила Маша.

– На вас, Марья Сергеевна? Помилуйте, за что?

– А третьего дня… помните?

– Вы были не в духе… вот и все.

– Зачем мы идем розно? давайте мне вашу руку. Вот так… И вы были не в духе.

– И я.

– Но сегодня я в духе, не правда ли?

– Да, кажется, сегодня…

– И знаете, отчего? Оттого, что…-Маша важно покачала головой.– Ну, уж я знаю отчего… Оттого, что я с вами,- прибавила она, не глядя на Кистера.

Кистер тихонько пожал ее руку.

– А что ж вы меня не спрашиваете?..-вполголоса проговорила Маша.

– О чем?

– Ну, не притворяйтесь… о моем письме.

– Я ждал…

– Вот оттого мне и весело с вами, - с живостию перебила его Маша, - оттого, что вы добрый, нежный человек, оттого, что вы не в состоянии…*parceque vous avez de la délicatesse*. Вам это можно сказать: вы понимаете по-французски.

»Pflücken Sie mir diese Blume, diese da ... wie hübsch ist sie!« Mascha bewunderte eine Weile die Blume, befreite dann ihre Hand und begann mit besorgtem Lächeln den biegsamen Stängel vorsichtig ins Knopfloch seines Waffenrocks zu stecken. Ihre feinen Finger berührten beinahe seine Lippen. Er blickte diese Finger und dann sie an. Sie nickte ihm zu, als wollte sie sagen: Ja, Sie dürfen! Kister beugte sich und küsste ihre Fingerspitzen.

Indessen erreichten sie das bekannte Wäldchen. Mascha wurde plötzlich nachdenklicher und verstummte schließlich ganz. Sie kamen an dieselbe Stelle, wo Lutschkow sie erwartet hatte. Das niedergetretene Gras hatte sich noch nicht erholt, das abgebrochene Bäumchen war schon verwelkt und die Blättchen fingen an, sich zusammenzurollen und zu vertrocknen. Mascha sah sich um und wandte sich plötzlich an Kister.

»Wissen Sie, warum ich Sie heute hergeführt habe?«

»Nein, ich weiß es nicht.«

»Sie wissen es nicht? ... Warum haben Sie mir heute noch nichts von Ihrem Freund, Herrn Lutschkow, gesagt? Sie loben ihn doch immer so.«

Kister schlug die Augen nieder und verstummte.

»Wissen Sie«, brachte Mascha nicht ohne Überwindung heraus, »dass ich mit ihm gestern ... hier ... ein Stelldichein hatte?«

»Ich wusste es«, entgegnete Kister dumpf.

»Sie wussten es? ... Ah! Jetzt verstehe ich, warum Sie vorgestern ... Herr Lutschkow hatte sich wohl beeilt, mit seinem Sieg zu prahlen.«

Kister wollte ihr etwas entgegnen.

»Sagen Sie nichts, antworten Sie nichts. Ich weiß, er ist Ihr Freund; Sie sind imstande, ihn zu verteidigen. Sie wussten es, Kister, Sie wussten es! Warum hinderten Sie mich nicht, eine solche Dummheit zu begehen? Warum zupften Sie mich nicht wie ein kleines Kind am Ohr? Sie wussten es ... und es war Ihnen ganz gleich?«

Кистер понимал по-французски, но решительно не понимал Маши.

– Сорвите мне этот цветок, вот этот... какой хорошенький! - Маша полюбовалась им и вдруг, быстро высвободив свою руку, с заботливой улыбкой начала осторожно вдевать гибкий стебелек в петлю Кистерова сюртука. Ее тонкие пальцы почти касались его губ. Он посмотрел на эти пальцы, потом на нее. Она кивнула головой, как бы говоря: можно... Кистер нагнулся и поцеловал кончики ее перчаток.

Между тем они приблизились к знакомой роще. Маша вдруг стала задумчивее и наконец замолчала совершенно. Они пришли на то самое место, где ожидал ее Лучков. Измятая трава еще не успела приподняться; сломанное деревцо уже успело завянуть, листочки уже начинали свертываться в трубочки и сохнуть. Маша посмотрела кругом и вдруг обратилась к Кистеру:

– Знаете ли вы, зачем я вас привела сюда?

– Нет, не знаю.

– Не знаете?.. Отчего вы мне ничего не сказали сегодня о вашем приятеле, господине Лучкове? Вы всегда его так хвалите...

Кистер опустил глаза и замолчал.

– Знаете ли, - не без усилья произнесла Маша, - что я ему назначила вчера... здесь... свиданье?

– Я это знал,– глухо возразил Кистер.

– Знали?.. А! теперь я понимаю, почему третьего дня... Господин Лучков, видно, поспешил похвастаться своей победой.

Кистер хотел было ответить...

– Не говорите, не возражайте мне ничего... Я знаю - он ваш друг; вы в состоянии его защищать. Вы знали, Кистер, знали... Как же вы не помешали мне сделать такую глупость? Как вы не выдрали меня за уши, как ребенка? Вы знали... и вам было все равно?

»Aber welches Recht hatte ich ...«

»Welches Recht? Das Recht des Freundes. Aber auch er ist Ihr Freund ... Ich muss mich schämen, Kister ... Er ist Ihr Freund... Dieser Mensch benahm sich gestern gegen mich so...«

Mascha wandte sich ab. Kisters Augen funkelten; er erbleichte.

»Nun, lassen wir es, seien Sie nicht böse. Hören Sie, Fjodor Fjodorowitsch, seien Sie nicht böse. Alles wendet sich zum Besten. Ich freue mich über die gestrige Aussprache ... ja, über die Aussprache«, fügte Mascha hinzu. »Warum glauben Sie wohl, dass ich die Rede darauf brachte? Um mich über Herrn Lutschkow zu beklagen? Bilden Sie sich das ja nicht ein! Ich habe ihn vergessen. Doch ich stehe vor Ihnen schuldig da, mein guter Freund. Ich möchte mich mit Ihnen aussprechen, Sie um Verzeihung und um Ihren Rat bitten. Sie haben mich an Aufrichtigkeit gewöhnt; wenn ich mit Ihnen bin, ist mir so leicht ums Herz ... Sie sind doch kein Herr Lutschkow!«

»Lutschkow ist ungeschickt und grob«, brachte Kister mit Anstrengung heraus, »aber ...«

»Was, *aber*? Wie schämen Sie sich nicht, *aber* zu sagen? Er ist grob *und* ungeschickt, *und* böse *und* eingebildet ... Hören Sie: *und* – nicht *aber*!«

»Sie sprechen unter dem Einfluss Ihres Zornes, Marja Sergejewna«, sagte Kister traurig.

»Meines Zornes? Was für eines Zornes? Schauen Sie mich an: Sieht man denn so aus, wenn man im Zorne ist? Hören Sie mal«, fuhr Mascha fort, »Sie dürfen von mir denken, was Sie wollen, doch wenn Sie sich einbilden, dass ich mit Ihnen heute aus Rache kokettiere, so ... so ...« Tränen traten ihr in die Augen. »So werde ich ernsthaft böse.«

»Seien Sie doch aufrichtig mit mir, Marja Sergejewna.«

»Oh, Sie dummer Mensch! Wie blind Sie sind! Schauen Sie mich doch nur an: Bin ich denn nicht aufrichtig gegen Sie, können Sie mich nicht ganz durchschauen?«

– Но какое право имел я...

– Какое право!.. право друга. Но и он ваш друг... Мне совестно, Кистер... Он ваш друг... Этот человек обошелся со мной вчера так...

Маша отвернулась. Глаза Кистера вспыхнули: он побледнел.

– Ну, полноте, не сердитесь... Слышите, Федор Федорыч, не сердитесь. Все к лучшему. Я очень рада вчерашнему объяснению... именно объяснению, - прибавила Маша. - Для чего, вы думаете, я заговорила с вами об этом? Для того чтоб пожаловаться на господина Лучкова? Полноте! Я забыла о нем. Но я виновата перед вами, мой добрый друг... Я хочу объясниться, попросить вашего прощенья... вашего совета. Вы приучили меня к откровенности; мне легко с вами... Вы не какой-нибудь господин Лучков!

– Лучков неловок и груб, -с трудом выговорил Кистер,– но...

– Что: но? Как вам не стыдно говорить: но? Он груб, « неловок, и зол, и самолюбив... Слышите: и, а не но,

– Вы говорите под влиянием гнева, Марья Сергеевна,– грустно промолвил Кистер.

– Гнева? Какого гнева? Посмотрите на меня: разве так гневаются? Послушайте, - продолжала Маша, - думайте обо мне, что вам угодно... но если вы воображаете, что я сегодня кокетничаю с вами из мести, то... то...- слезы навернулись у ней на глазах, - я рассержусь не шутя.

– Будьте со мной откровенны, Марья Сергеевна...

– О глупый человек! О недогадливый! Да взгляните на меня, разве я не откровенна с вами, разве вы не видите меня насквозь?

»Nun, schön. Ja, ich glaube Ihnen«, fuhr Kister lächelnd fort, als er sah, wie besorgt und hartnäckig sie nach seinen Blicken haschte. »Nun, sagen Sie mir doch, was hat Sie bewogen, Lutschkow ein Stelldichein zu gewähren?«

»Was? Das weiß ich selber nicht. Er wollte mit mir unter vier Augen sprechen. Mir schien immer, er habe noch nie Zeit und Gelegenheit gehabt, sich auszusprechen. Nun hat er sich ausgesprochen! Hören Sie: Er ist vielleicht ein ungewöhnlicher Mensch, aber er ist wirklich dumm. Er versteht keine zwei Worte zu sagen. Er ist einfach unhöflich. Ich mache ihm übrigens keine zu großen Vorwürfe ... Er konnte sich denken, ich sei ein leichtfertiges, verrücktes Ding. Ich hatte ja mit ihm fast niemals gesprochen. Er hat wohl meine Neugier erregt, aber ich glaubte, dass ein Mensch, der es verdient, Ihr Freund zu sein ...«

»Sprechen Sie, bitte, von ihm nicht als von meinem Freund«, unterbrach sie Kister.

»Nein, nein, ich will Sie nicht entzweien.«

»Ach, mein Gott, ich will Ihnen nicht nur einen Freund opfern, sondern auch ... Zwischen mir und Herrn Lutschkow ist alles aus!« fügte Kister hastig hinzu.

Mascha blickte ihm durchdringend in die Augen.

»Nun, Gott mit ihm!« sagte sie. »Wollen wir von ihm nicht mehr sprechen. Das soll mir eine Lehre sein. Ich bin selber schuld. Einige Monate hintereinander sah ich fast jeden Tag einen guten, klugen, lustigen, freundlichen Menschen, der ...« Mascha wurde verlegen und hielt inne. »Der, glaube ich, auch mir ... gewogen war, und ich Dumme«, fuhr sie schnell fort, »zog ihm einen vor ... nein, nein, ich zog ihm niemand vor, sondern ...«

Sie senkte den Kopf und hielt verlegen inne.

Kister erschrak. Es kann nicht sein! sagte er sich.

»Marja Sergejewna!« begann er endlich.

Mascha hob den Kopf und heftete auf ihn ihre mit den unvergossenen Tränen beschwerten Augen.

»Sie erraten noch immer nicht, wen ich meine?« fragte sie.

– Ну, хорошо… да; я верю вам,– с улыбкой продолжал Кистер, видя, с какой заботливой настойчивостью она ловила его взгляд,– ну, скажите же мне, что вас побудило назначить свидание Лучкову?

– Что? сама не знаю. Он хотел говорить со мной наедине. Мне казалось, что он все еще не имел время, случая высказаться. Теперь он высказался! Послушайте: он, может быть, необыкновенный человек, но он глуп, право… Он двух слов сказать не умеет. Он просто невежлив. Впрочем, я даже не очень его виню… он мог подумать, что я ветреная, сумасшедшая девчонка. Я с ним почти никогда не говорила… Он точно возбуждал мое любопытство, но я воображала, что человек, который заслуживает быть вашим другом…

– Не говорите, пожалуйста, о нем как о моем друге,– перебил ее Кистер.

– Нет! нет, я не хочу вас рассорить.

– О боже мой, я для вас готов пожертвовать не только другом, но и… Между мной и господином Лучковым все кончено! – поспешно прибавил Кистер.

Маша пристально взглянула ему в лицо.

– Ну, бог с ним! -сказала она. - Не станемте говорить о нем. Мне вперед урок. Я сама виновата. В течение нескольких месяцев я почти каждый день видела человека доброго, умного, веселого, ласкового, который…-Маша смешалась и замешкалась, - который, кажется, меня тоже… немного… жаловал… и я, глупая, - быстро продолжала она, - предпочла ему… нет, нет, не предпочла, а…

Она потупила голову и с смущением замолчала. Кистеру становилось страшно. «Быть не может!» – твердил он про себя.

– Марья Сергеевна! -заговорил он наконец. Маша подняла голову и остановила на нем глаза, отягченные непролитыми слезами.

– Вы не угадываете, о ком я говорю? – спросила она.

Kaum noch atmend, reichte ihr Kister die Hand. Mascha ergriff sie sofort mit Leidenschaft.

»Sie sind wie früher mein Freund, nicht wahr? Warum antworten Sie nicht?«

»Ich bin Ihr Freund, Sie wissen es«, murmelte er.

»Und Sie verurteilen mich nicht? Sie haben mir vergeben? Sie verstehen mich! Sie lachen nicht über ein Mädchen, das heute dem einen ein Stelldichein gewährt und morgen mit einem anderen so spricht, wie ich jetzt zu Ihnen spreche... Nicht wahr, Sie lachen doch nicht über mich?« Maschas Gesicht glühte; sie hielt mit beiden Händen Kisters Hand fest.

»Über Sie lachen«, antwortete Kister. »Ich ... ich ... ich liebe Sie ja ... ich liebe Sie!« rief er aus.

Mascha bedeckte ihr Gesicht mit den Händen.

»Wissen Sie es denn nicht schon längst, Marja Sergejewna, dass ich Sie liebe?«

X

Drei Wochen nach dieser Zusammenkunft saß Kister in seinem Zimmer und schrieb folgenden Brief an seine Mutter:

»Liebes Mütterchen!

Ich beeile mich, mit Ihnen meine große Freude zu teilen: Ich heirate. Diese Nachricht wird Ihnen wohl nur darum wunderlich vorkommen, weil ich in meinen früheren Briefen auf eine so wichtige Wendung in meinem Leben nicht mal hingedeutet habe – Sie aber wissen, dass ich gewohnt bin, mit Ihnen alle meine Gefühle, Freuden und Leiden zu teilen. Die Gründe dieses Schweigens sind leicht zu erklären. Erstens habe ich erst dieser Tage selbst erfahren, dass ich geliebt werde; und zweitens habe ich auch meinerseits erst vor Kurzem die ganze Kraft meiner eigenen Neigung erfasst. In einem meiner ersten Briefe von hier schrieb ich Ihnen von den Perekatows, unseren Nachbarn, und nun heirate ich ihre einzige Tochter Maria. Ich bin fest überzeugt, dass wir glücklich sein werden.

Едва дыша, Кистер протянул руку. Маша тотчас с жаром схватилась за нее.

– Вы мой друг по-прежнему, не правда ли?.. Что я: вы не отвечаете?

– Я ваш друг, вы это знаете,– пробормотал он.

– И вы не осуждаете меня? Вы простили мне?.. Вы понимаете меня? Вы не смеетесь над девушкой, которая накануне назначила свидание одному, а сегодня говорит уже с другим, как я говорю с вами… Не правда ли, вы не смеетесь надо мною?..– Лицо Маши рдело; она обеими руками держалась за рук у Кистера…

– Смеяться над вами, - отвечал Кистер, - я… я… да я вас люблю… я вас люблю!..-воскликнул он. Маша закрыла себе лицо.

– Неужели ж вы давно не знаете, Марья Сергеевна, что я люблю вас?

X

Три недели после этого свиданья Кистер сидел один в своей комнате и писал следующее письмо к своей матери:

«Любезная матушка!

Спешу поделиться с вами большой радостью: я женюсь. Это известие вас, вероятно, только потому удивит, что в прежних моих письмах я даже не намекал на такую важную перемену в моей жизни,– а вы знаете, что я привык делиться с вами всеми моими чувствами, моими радостями и печалями. Причины моего молчания объяснить вам легко. Во-первых, я только недавно сам узнал, что я любим; а во-вторых, с моей стороны, я тоже недавно почувствовал всю силу собственной привязанности. В одном из первых моих писем отсюда я вам говорил о Перекатовых, наших соседях; я женюсь на их единственной дочери, Марии. Я твердо уверен, что мы оба будем счастливы.

Sie hat in mir keine augenblickliche Leidenschaft geweckt, sondern ein tiefes, aufrichtiges Gefühl, in dem sich die Freundschaft mit Liebe paart. Ihr heiterer, sanfter Charakter entspricht durchaus meinem Geschmack. Sie ist gebildet, klug und spielt vortrefflich Klavier ... Wenn Sie sie doch sehen könnten! Ich schicke Ihnen ihr Porträt, das ich selbst gezeichnet habe. Ich brauche wohl nicht zu sagen, dass sie hundertmal schöner ist als dieses Bild. Mascha liebt Sie schon als Tochter und kann den Tag, an dem sie Sie kennenlernen soll, kaum erwarten. Ich habe die Absicht, meinen Abschied zu nehmen, mich auf dem Lande niederzulassen und mich der Landwirtschaft zu widmen. Der alte Perekatow besitzt ein Gut mit vierhundert leibeigenen Seelen, das sich in guter Verfassung befindet. Sie sehen, dass man auch von diesem materiellen Standpunkte aus meine Wahl nicht missbilligen kann. Ich nehme Urlaub und komme zu Ihnen nach Moskau. Erwarten Sie mich in höchstens zwei Wochen. Meine liebe, gute Mama, wie glücklich bin ich! ... Umarmen Sie mich...« und so weiter.

Kister faltete und versiegelte den Brief, stand auf, trat ans Fenster, rauchte eine Pfeife, dachte ein wenig nach und kehrte zum Tisch zurück. Er holte einen kleinen Bogen Briefpapier hervor, tauchte die Feder sorgfältig ins Tintenfass, fing aber lange nicht mit dem Schreiben an, sondern runzelte die Brauen, blickte zur Decke und kaute an der Feder ... Endlich entschloss er sich und verfasste im Laufe einer Viertelstunde folgendes Schreiben:

»Sehr geehrter Herr Awdej Iwanowitsch!

Vom Tage Ihres letzten Besuches an – das heißt seit drei Wochen – grüßen Sie mich nicht, sprechen mit mir nicht und scheinen mir aus dem Wege zu gehen. Jeder Mensch ist natürlich in seinen Handlungen vollkommen frei; Ihnen beliebte es, unsere Bekanntschaft abzubrechen, und ich bitte Sie, mir zu glauben, dass ich mich an Sie nicht mit einer Klage wende. Ich habe nicht die Absicht, mich, wem es auch sei, aufzudrängen; mir genügt das Bewusstsein, dass ich im Rechte bin. Ich schreibe Ihnen heute nur aus Pflichtgefühl. Ich habe Maria Sergejewna Perekatowa den Antrag gemacht und ihr Jawort, wie auch die Zustimmung ihrer Eltern bekommen.

Она возбудила во мне не мгновенную страсть, но глубокое, искреннее чувство, в котором дружба слилась с любовью. Ее веселый, кроткий нрав вполне соответствует моим наклонностям. Она образованна, умна, прекрасно играет на фортепьяно… Если б вы могли ее видеть!! Посылаю вам ее портрет, мною нарисованный. Нечего, кажется, и говорить, что она во сто раз лучше своего портрета. Маша вас уже любит, как дочь, и не дождется дня свидания с вами. Я намерен выйти в отставку, поселиться в деревне и заняться хозяйством. У старика Перекатова четыреста душ в отличном состоянии. Вы видите, что и с этой, материальной, стороны нельзя не похвалить моего решения. Я беру отпуск и еду в Москву и к вам. Ждите меня недели через две, не более. Милая, добрая маменька, как я счастлив!.. Обнимите меня…» и так далее.

Кистер сложил и запечатал письмо, встал, подошел к окну, выкурил трубку, подумал немного и вернулся к столу. Он достал небольшой листок почтовой бумаги, тщательно обмакнул перо в чернила, но долго не начинал писать, хмурил брови, поднимал глаза к потолку, кусал конец пера… Наконец он решился, и в течение четверти часа сочинил следующее послание:

«Милостивый государь Авдей Иванович!

Со дня вашего последнего посещения (то есть в течение трех недель) вы мне не кланяетесь, не говорите со мной и как бы избегаете моей встречи. Всякий человек, бесспорно, в своих поступках волен; вам угодно было прекратить наше знакомство и я, поверьте, не обращаюсь к вам с жалобой на вас же самих; я не намерен и не привык навязываться кому бы то ни было; мне довольно сознания моей правоты. Я пишу к вам теперь – по чувству долга. Я сделал предложение Марье Сергеевне Перекатовой и получил ее согласие, а также и согласие ее родителей.

Ich teile diese Nachricht *Ihnen* direkt und unmittelbar mit, um jedes Missverständnis und jeden Verdacht unmöglich zu machen. Ich muss Ihnen offen gestehen, sehr geehrter Herr, dass ich mich nicht allzu sehr um die Meinung eines Menschen kümmern kann, der selbst nicht die geringste Beachtung den Meinungen und Gefühlen anderer schenkt; ich schreibe Ihnen einzig darum, weil ich jeden Anschein vermeiden will, als ob ich hinter Ihrem Rücken handle oder gehandelt habe. Ich darf wohl sagen: Sie kennen mich und werden meinen Schritt nicht irgendeinem anderen, schlechten Gefühl zuschreiben. Indem ich mich zum letzten Mal an Sie wende, kann ich nicht umhin, Ihnen in Erinnerung unserer früheren Freundschaft, jedes irdische Glück zu wünschen.

Mit aufrichtiger Hochachtung verbleibe ich

Ihr ergebenster Diener
Fjodor Kister.«

Fjodor Fjodorowitsch schickte diesen Brief an die Adresse, zog sich um und ließ den Wagen anspannen. Lustig und sorglos ging er singend in seinem kleinen Zimmer auf und ab, hüpfte sogar zweimal in die Höhe, rollte ein Liederheft zusammen und band ein blaues Bändchen darum ... Die Tür ging auf, und herein trat Lutschkow im Waffenrock ohne Epauletten, mit der Mütze auf dem Kopf. Kister blieb erstaunt mitten im Zimmer stehen; er hatte die Schleife noch nicht fertig gebunden.

»Sie heiraten die Perekatowa?« fragte Awdej in ruhigem Ton. – Kister fuhr auf.

»Mein Herr«, begann er, »wenn anständige Menschen in ein Zimmer treten, nehmen sie die Mütze ab und sagen guten Tag.«

»Entschuldigen Sie«, versetzte der Kampfhahn kurz und zog die Mütze. »Guten Tag.«

»Guten Tag, Herr Lutschkow. Sie fragen mich, ob ich Fräulein Perekatowa heirate? Haben Sie denn meinen Brief nicht gelesen?« – »Ja, ich habe Ihren Brief gelesen. Sie heiraten. Ich gratuliere.«

»Ich nehme Ihre Gratulation an und danke Ihnen. Doch ich muss jetzt fort.«

Сообщаю это известие – прямо и непосредственно вам, для избежания всяких недоразумений и подозрений. Откровенно признаюсь вам, что я не могу слишком заботиться о мнении человека, который сам не обращает малейшего внимания на мнения и чувства других людей, и пишу к вам единственно потому, что в этом случае я не хочу даже подать вида, как будто поступал или поступаю украдкой. Смею сказать: вы меня знаете – и не припишете моего теперешнего поступка какому-нибудь другому, дурному чувству. В последний раз говоря с вами, не могу не пожелать вам, в память нашей прежней дружбы, всевозможных земных благ.

С истинным уважением остаюсь,
ваш покорный слуга Федор Кистер».

Федор Федорович отправил эту записку по адресу, оделся и велел заложить себе коляску. Веселый и беззаботный, ходил он, напевая, по своей комнатке, подпрыгнул даже раза два, свернул тетрадь романсов в трубочку и перевязал ее голубой ленточкой… Дверь отворилась и в сюртуке, без эполет, с фуражкой на голове, вошел Лучков. Изумленный Кистер остановился среди комнаты, не доделав розетки.

– Вы женитесь на Перекатовой? – спросил спокойным голосом Авдей.

Кистер вспыхнул.

– Милостивый государь, – начал он, – входя в комнату, порядочные люди снимают шапку и здороваются.

– Извините-с, – отрывисто возразил бретер, и снял фуражку. – Здравствуйте.

– Здравствуйте, господин Лучков. Вы меня спрашиваете, женюсь ли я на девице Перекатовой? Разве вы не прочли моего письма?

– Я ваше письмо прочел. Вы женитесь. Поздравляю.

– Принимаю ваше поздравление и благодарю вас. Но я должен ехать.

»Ich möchte mich mit Ihnen auseinandersetzen, Fjodor Fjodorowitsch.«

»Bitte sehr, mit Vergnügen«, antwortete der Gute. »Ich habe, offen gestanden, eine solche Auseinandersetzung erwartet. Ihr Benehmen mir gegenüber ist so sonderbar, und ich habe es, wie ich glaube, gar nicht verdient ... jedenfalls durfte ich es nicht erwarten ... Wollen Sie aber nicht Platz nehmen? Darf ich Ihnen eine Pfeife anbieten?«

Lutschkow setzte sich. Seine Bewegungen waren müde. Er bewegte den Schnurrbart und hob die Brauen.

»Sagen Sie mal, Fjodor Fjodorowitsch«, begann er endlich: »Warum haben Sie sich mir gegenüber so lange verstellt?«

»Wieso?«

»Warum spielten Sie so ein ... makelloses Wesen, während Sie doch genauso ein Mensch sind wie wir arme Sünder?«

»Ich verstehe Sie nicht ... Habe ich Sie vielleicht irgendwie verletzt?«

»Sie verstehen mich nicht, nehme ich an. Ich will mich bemühen, deutlicher zu sprechen. Sagen Sie mir zum Beispiel aufrichtig: Haben Sie schon seit Langem eine Neigung für Fräulein Perekatowa gefasst, oder ist es ein plötzlicher Ausbruch von Leidenschaft?«

»Awdej Iwanowitsch, ich habe keine Lust, mit Ihnen über mein Verhältnis zu Fräulein Perekatowa zu sprechen«, entgegnete Kister kühl.

»So. Ganz wie es Ihnen beliebt. Tun Sie mir aber den Gefallen und gestatten Sie mir zu glauben, dass Sie mich zum Narren gehalten haben.«

Awdej sprach sehr langsam und betonte jedes Wort.

»Das dürfen Sie nicht glauben, Awdej Iwanowitsch. Sie kennen mich ja.«

»Ich kenne Sie? Wer kennt Sie überhaupt? Eine fremde Seele ist wie ein finsterer Wald, ich will aber genau wissen, woran ich bin. Ich weiß, dass Sie deutsche Verse mit großem Gefühl und sogar mit Tränen in den Augen vorlesen;

– Я желал бы объясниться с вами, Федор Федорыч.

– Извольте, с удовольствием,– отвечал добряк.– Я, признаться, ждал этого объяснения. Ваше поведение со мной так странно, и я, с своей стороны, кажется, не заслуживал... по крайней мере не мог ожидать... Но не угодно ли вам сесть? Не хотите ли трубки?

Лучков сел. В его движениях замечалась усталость. Он повел усами и поднял брови.

– Скажите, Федор Федорыч,– начал он наконец,– зачем вы так долго со мной притворялись?

– Как это?

– Зачем вы прикидывались таким... безукоризненным созданием, когда вы такой же человек, как и все мы, грешные?

– Я вас не понимаю... Уж не оскорбил ли я вас чем-нибудь?..

– Вы меня не понимаете... положим. Я постараюсь говорить яснее. Скажите мне, например, откровенно: давно вы чувствовали расположение к девице Перекатовой или воспылали страстью внезапной?

– Я бы не желал говорить с вами, Авдей Иваныч, о моих отношениях к Марье Сергеевне,– холодно отвечал Кистер.

– Так-с. Как угодно. Только вы уж сделайте одолжение, позвольте мне думать, что вы меня дурачили.

Авдей говорил очень медленно и с расстановкой.

– Вы не можете этого думать, Авдей Иваныч; вы меня знаете.

– Я вас знаю?.. кто вас знает? Чужая душа - темный лес, а товар лицом показывается. Я знаю, что вы читаете немецкие стихи с большим чувством и даже со слезами на глазах;

ich weiß, dass Sie an den Wänden Ihrer Wohnung verschiedene Landkarten hängen haben; ich weiß, dass Sie Ihre Person reinlich halten; das weiß ich ... sonst weiß ich aber nichts.«

Kister fing an böse zu werden.

»Gestatten Sie die Frage«, sagte er schließlich, »welchen Zweck hat Ihr Besuch? Sie haben mich seit drei Wochen nicht gegrüßt, und nun kommen Sie zu mir anscheinend in der Absicht, sich über mich lustig zu machen. Ich bin kein grüner Junge, sehr geehrter Herr, und werde es niemand gestatten ...«
»Aber erlauben Sie«, unterbrach ihn Lutschkow »aber erlauben Sie, Fjodor Fjodorowitsch: Wer wagt es denn, sich über Sie lustig zu machen? Im Gegenteil, ich komme zu Ihnen mit der ergebensten Bitte: Erklären Sie mir gefälligst *Ihr* Benehmen mir gegenüber! Gestatten Sie die Frage: Haben Sie mich nicht gewaltsam mit der Familie Perekatow bekannt gemacht? Haben Sie nicht Ihrem ergebensten Diener versichert, dass er seelisch ›aufblühen‹ wird? Und haben Sie mich nicht schließlich auch mit der tugendsamen Maria Sergejewna zusammengeführt? Warum soll ich dann nicht annehmen dürfen, dass ich *Ihnen* für die gewisse letzte Aussprache zu danken habe, über die man Sie wohl schon in gebührender Form unterrichtet hat? Dem Bräutigam pflegt doch die Braut alles zu erzählen, besonders ihre *unschuldigen* Streiche. Warum soll ich dann nicht annehmen dürfen, dass ich Ihnen die großartige Nase zu verdanken habe, die man mir gedreht hat? Sie haben doch einen solchen Anteil an meinem ›Aufblühen‹ genommen!«

Kister ging einmal durchs Zimmer.

»Hören Sie mal, Lutschkow«, sagte er endlich. »Wenn Sie wirklich im Ernst von dem, was Sie sagen, überzeugt sind, was ich, offen gestanden, nicht glaube, so gestatten Sie mir, Ihnen zu sagen: Es ist eine Schande und eine Sünde, meine Handlungen und Absichten in einem so verletzenden Sinne zu deuten. Ich will mich nicht rechtfertigen. Ich appelliere an Ihr eigenes Gewissen, an Ihr Gedächtnis.«

я знаю, что на стенах своей квартиры вы развесили разные географические карты; я знаю, что вы содержите свою персону в опрятности; это я знаю... а больше я ничего не знаю...

Кистер начал сердиться.

– Позвольте узнать, - спросил он наконец, -какая цель вашего посещения? Вы три недели со мной не кланялись, а теперь пришли ко мне, кажется, с намерением трунить надо мной. Я не мальчик, милостивый государь, и не позволю никому...

– Помилуйте, - перебил его Лучков, - помилуйте, Федор Федорович, кто осмелится трунить над вами? Я, напротив, пришел к вам с покорнейшей просьбой, а именно: сделайте милость, растолкуйте мне ваше поведение со мною. Позвольте спросить: не вы ли насильно меня познакомили, с семейством Перекатовых?. Не вы ли уверяли вашего покорного слугу, что он расцветет душой? Не вы ли, наконец, свели меня с добродетельной Марьей Сергеевной? Почему же мне не предполагать, что вам я обязан тем последним, приятным объяснением, о котором вас уже, вероятно, надлежащим образом известили? Жениху ведь невеста все рассказывает, особенно свои невинные проделки. Почему же мне не думать, что по вашей милости мне наклеили такой великолепный нос? Вы ведь такое принимали участие в моем «расцветанье»!

Кистер прошелся по комнате.

– Послушайте, Лучков,– сказал он наконец,– если вы действительно, не шутя, убеждены в том, что вы говорите,– чему я, признаюсь, не верю,– то позвольте вам сказать: стыдно и грешно вам так оскорбительно толковать мои поступки и мои намерения. Я не хочу оправдываться... Я обращаюсь к вашей собственной совести, к вашей памяти.

»Ja, ich erinnere mich, dass Sie ständig mit Maria Sergejewna getuschelt haben. Außerdem gestatten Sie mir noch diese Frage: Sind Sie nicht bei den Perekatows nach dem bewussten Gespräch mit mir gewesen? Nach jenem Abend, als ich Ihnen, wie ein Narr, als meinem besten Freund, von dem mir gewährten Stelldichein erzählte?«

»Wie? Sie verdächtigen mich, dass ...«

»Ich verdächtige keinen Menschen einer Handlung«, unterbrach ihn Awdej mit einer geradezu tödlichen Kälte, »deren ich mich selbst nicht verdächtige; doch ich habe auch die Schwäche zu glauben, dass die anderen nicht besser sind als ich.«

»Sie irren«, entgegnete Kister aufbrausend. »Die anderen sind besser als Sie.«

»Wozu ich Ihnen gratuliere«, versetzte Lutschkow ruhig. »Aber ...«

»Aber«, unterbrach ihn seinerseits Kister gereizt, »aber erinnern Sie sich nur, in welchen Ausdrücken Sie mir von dem Stelldichein erzählten und von ... Diese Erklärungen werden, übrigens, wie ich sehe, zu nichts führen ... Denken Sie von mir, was Ihnen beliebt, und tun Sie, was Ihnen beliebt.«

»Das lasse ich mir gefallen!« versetzte Awdej. »Endlich sprechen Sie aufrichtig.«

»Was Ihnen beliebt!« wiederholte Kister.

»Ich verstehe vollkommen Ihre Lage, Fjodor Fjodorowitsch«, fuhr Awdej mit geheuchelter Teilnahme fort. »Sie ist unangenehm, wirklich unangenehm. Ein Mensch hat seine Rolle gespielt, niemand sieht ihm den Schauspieler an, und plötzlich...«

»Wenn ich annehmen könnte«, unterbrach ihn Kister mit zusammengepressten Zähnen, »dass aus Ihnen nur verschmähte Liebe spricht, so würde ich mit Ihnen Mitleid haben und Ihnen verzeihen. Doch in Ihren Vorwürfen, in Ihren Verleumdungen höre ich nur den Schrei eines verletzten Ehrgeizes, und ich spüre nicht das geringste Mitleid mit Ihnen. Sie haben Ihr Los selbst verschuldet.«

»Ach, mein Gott, wie spricht dieser Mensch!« versetzte Awdej halblaut. »Der Ehrgeiz«, fuhr er fort, »mag sein; ja, ja,

– Да; я помню, что вы беспрестанно перешептывались с Марьей Сергеевной. Сверх того, позвольте мне опять-таки спросить у вас: не были ли вы у Перекатовых после известного разговора со мной?, После этого вечера, когда я, как дурак, разболтался с вами, с моим лучшим другом, о назначенном свиданье?

– Как! вы подозреваете меня в…

– Я ни в чем не подозреваю другого,– с убийственной холодностью прервал его Авдей,– в чем я самого себя не подозреваю; но я также имею слабость думать, что другие люди не лучше меня.

– Вы ошибаетесь,– с запальчивостью возразил Кистер,– другие люди лучше вас.

– С чем честь имею их поздравить,– спокойно заметил Лучков,– но…

– Но,– прервал его в свою очередь раздосадованный Кистер,– вспомните, в каких выражениях вы мне говорили об… этом свиданье, о… Впрочем, эти объяснения ни к чему не поведут, я вижу… Думайте обо мне, что вам угодно, и поступайте, как знаете.

– Вот этак-то лучше,– заметил Авдей.– Насилу-то заговорили откровенно.

– Как знаете! – повторил Кистер.

– Я понимаю ваше положенье, Федор Федорыч,– с притворным участием продолжал Авдей.– Оно неприятно, действительно неприятно. Человек играл, играл роль, и никто не замечал в нем актера; вдруг…

– Если б я мог думать,– перебил его, стиснув зубы, Кистер,– что в вас говорит теперь оскорбленная любовь, я бы почувствовал к вам сожаленье; я бы извинил вас… Но в ваших упреках, в ваших клеветах слышится один крик уязвленного самолюбия… и я не чувствую к вам никакой жалости… Вы сами заслужили вашу участь.

– Фу ты, боже мой, как говорит человек! –заметил вполголоса Авдей.– Самолюбие,– продолжал он,– может

mein Ehrgeiz ist, wie Sie richtig bemerken, tief und unerträglich verletzt worden. Wer ist aber nicht ehrgeizig? Vielleicht Sie? Ja, ich bin wohl ehrgeizig und werde es zum Beispiel niemand erlauben, mit mir Mitleid zu haben.«

»Sie werden es nicht erlauben?« entgegnete Kister stolz. »Was sind das für Ausdrücke, mein Herr! Vergessen Sie bitte nicht: Das Band zwischen uns haben Sie selbst zerrissen. Ich bitte Sie, sich mir gegenüber wie gegen einen Fremden zu benehmen.«

»Zerrissen! Das Band ist zerrissen!« wiederholte Awdej. »Begreifen Sie mich doch: Ich grüßte und besuchte Sie nicht, nur aus Mitleid mit Ihnen; Sie werden mir doch erlauben, mit Ihnen Mitleid zu haben, wenn Sie selbst mit mir Mitleid haben! ... Ich wollte Sie nicht in eine schiefe Lage bringen und in Ihnen Gewissensbisse wecken. Sie reden vom Band zwischen uns, als ob Sie nach Ihrer Verheiratung noch mein Freund hätten bleiben können! Hören Sie auf! Sie haben mit mir auch früher nur darum verkehrt, weil Sie sich an Ihrer vermeintlichen Überlegenheit erfreuen wollten!«

Awdejs Verleumdungen ermüdeten und empörten Kister.

»Brechen wir doch dieses unangenehme Gespräch ab!« rief er endlich aus. »Offen gestanden, verstehe ich nicht, warum Sie mir die Ehre Ihres Besuches erwiesen haben!«

»Sie verstehen nicht, warum ich zu Ihnen gekommen bin?« fragte Awdej neugierig.

»Ich verstehe es absolut nicht.«

»N ...nein?«

»Ich sage Ihnen ja ...«

»Sonderbar! Das ist wirklich sonderbar! Wer hätte das von einem solchen klugen Menschen wie Sie erwartet!«

»Nun, wollen Sie sich doch endlich erklären!«

»Ich komme zu Ihnen, Herr Kister«, sagte Awdej, sich langsam von seinem Platz erhebend, »ich komme zu Ihnen, um Sie zu einem Duell zu fordern, verstehen Sie es jetzt? Ich will mich mit Ihnen schlagen. Sie glaubten wohl, Sie könnten mich so einfach abfertigen? Wussten Sie denn nicht, mit wem Sie es zu tun hatten? Hätte ich es je erlaubt ...«

быть; да, да, самолюбие во мне, как вы говорите, уязвлено глубоко, нестерпимо. Но кто же не самолюбив? Не вы ли? Да; я самолюбив и, например, никому не позволю сожалеть обо мне…

– Не позволите? – гордо возразил Кистер.– Что за выражение, милостивый государь! Не забудьте: связь между нами разорвана вами самими. Прошу вас обращаться со мною, как с посторонним человеком.

– Разорвана! Связь разорвана! - повторил Авдей. –Поймите меня: я с вами не кланялся и не был у вас из сожаления к вам; ведь вы позволите мне сожалеть о вас, коли вы обо мне сожалеете!.. Я не хотел поставить вас в ложное положение, возбудить в вас угрызение совести… Вы толкуете о нашей связи… как будто бы вы могли остаться моим приятелем по-прежнему после вашей свадьбы! Полноте! Вы и прежде-то со мной знались только для того, чтоб тешиться вашим мнимым превосходством…

Недобросовестность Авдея утомляла, возмущала Кистера.

– Прекратим-те такой неприятный разговор! – воскликнул он наконец. - Я признаюсь, не понимаю, зачем вам угодно было ко мне пожаловать,

– Вы не понимаете, зачем я к вам пришел? - с любопытством спросил Авдей.

– Решительно не понимаю.

– Не…ет?

– Да говорят вам…

– Удивительно!.. Это удивительно! Кто бы этого ожидал от человека с вашим умом!

– Ну, так извольте ж объясниться наконец…

– Я пришел, господин Кистер,– проговорил Авдей, медленно поднимаясь с места, - я пришел вас вызвать на дуэль, понимаете ли вы? Я хочу драться с вами. А! Вы думали так-таки от меня отделаться! Да разве вы не знали, с каким человеком имеете дело? Позволил ли бы я…

»Sehr schön«, unterbrach ihn Kister kurz und kühl. »Ich nehme die Forderung an. Wollen Sie mir Ihren Sekundanten schicken.«

»Ja, ja«, fuhr Awdej fort, dem es wie einer Katze leidtat, sein Opfer so schnell zu verlassen. »Ich gestehe, es wird mir ein Vergnügen sein, morgen den Lauf meiner Pistole auf Ihr ideales, blondes Haupt zu richten.«

»Mir scheint, Sie wollen mich nach der Forderung noch beschimpfen«, entgegnete Kister mit Verachtung. »Wollen Sie bitte gehen. Ich muss mich für Sie schämen.«

»Na ja, man kennt es ja: Delikatesse! ... Ja, Marja Sergejewna, ich verstehe nicht Französisch!« brummte Lutschkow, während er sich die Mütze aufsetzte, »Auf angenehmes Wiedersehen, Fjodor Fjodorowitsch!«

Er grüßte und entfernte sich.

Kister ging einige Male durchs Zimmer. Sein Gesicht glühte, seine Brust hob und senkte sich mächtig. Er empfand weder Angst noch Zorn, aber er ekelte sich vor dem Gedanken, dass er diesen Menschen einst für seinen Freund gehalten hatte. Der Gedanke an das Duell freute ihn beinahe. Sich auf einen Schlag von der ganzen Vergangenheit befreien, über diesen einen Stein springen und dann den ruhigen Strom entlang schwimmen ... Schön, dachte er sich, ich werde mir mein Glück erkämpfen. Das Bild Maschas schien ihm zuzulächeln und den Sieg zu verheißen. Ich komme nicht um! Nein, ich komme nicht um! - wiederholte er mit ruhigem Lächeln vor sich hin.

Auf dem Tisch lag der Brief an seine Mutter ... Sein Herz krampfte sich für einen Augenblick zusammen. Er beschloss, ihn für alle Fälle noch nicht abzuschicken. Kister empfand jene erhöhte Lebenskraft, die jeder Mensch vor einer Gefahr an sich wahrnimmt. Er überlegte sich ruhig die möglichen Folgen des Zweikampfes, setzte sich und Mascha in Gedanken allen Prüfungen des Unglücks und der Trennung aus und blickte hoffnungsvoll in die Zukunft. Er gab sich das Wort, Lutschkow nicht zu töten.

Unwiderstehlich zog es ihn zu Mascha hin. Er suchte sich einen Sekundanten, brachte eilig seine Angelegenheiten in Ordnung und fuhr gleich nach dem Essen zu den Perekatows.

– Очень хорошо-с,– холодно и отрывисто перебил его Кистер. - Я принимаю ваш вызов. Извольте прислать ко мне вашего секунданта.

– Да, да,– продолжал Авдей, которому, как кошке, жаль было так скоро расстаться с своей жертвой,– я, признаться, с большим удовольствием наведу завтра дуло моего пистолета на ваше идеальное и белокурое лицо.

– Вы, кажется, ругаетесь после вызова,– с презреньем возразил Кистер. - Извольте идти. Мне за вас совестно.

– Известное дело: деликатесе!.. А, Марья Сергевна! я не понимаю по-французски! – проворчал Авдей, надевая фуражку. - До приятного свидания, Федор Федорыч!

Он поклонился и вышел.

Кистер несколько раз прошелся по комнате. Лицо его горело, грудь высоко поднималась. Он не робел и не сердился; но ему гадко было подумать, какого человека он считал некогда своим другом. Мысль о поединке с Лучковым его почти радовала. Разом отделаться от своего прошедшего, перескочить через этот камень и поплыть потом по безмятежной реке… «Прекрасно, - думал он, - я завоюю свое счастье.– Образ Маши, казалось, улыбался ему и сулил победу. - Я не погибну! нет, я не погибну!» - твердил он с спокойной улыбкой. На столе лежало письмо к его матери… Сердце в нем сжалось на мгновение. Он решился на всякий случай подождать отсылкой. В Кистере происходило то возвышение жизненной силы, которое человек замечает в себе перед опасностью. Он спокойно обдумывал всевозможные последствия поединка, мысленно подвергал себя и Машу испытаниям несчастия и разлуки, и глядел на будущее с надеждой. Он давал себе слово не убить Лучкова… Неотразимо влекло его к Маше. Он сыскал секунданта, наскоро устроил свои дела и тотчас после обеда уехал к Перекатовым.

Während des ganzen Abends war Kister lustig, vielleicht viel zu lustig.

Mascha spielte viel Klavier, hatte gar keine Vorahnungen und kokettierte mit ihm sehr nett. Ihre Sorglosigkeit tat ihm anfangs weh, dann fasste er sie aber als ein günstiges Vorzeichen auf – er freute sich darüber und wurde ruhig. Sie hing von Tag zu Tag mehr an ihm; das Verlangen nach Glück war in ihr stärker als das Verlangen nach Leidenschaft. Auch hatte ihr Lutschkow alle übertriebenen Erwartungen ausgetrieben, und sie entsagte ihnen mit Freuden und für ewig. Nenila Makarjewna liebte Kister wie einen Sohn. Sergej Sergejewitsch folgte aus Gewohnheit dem Beispiel seiner Frau.

»Auf Wiedersehen«, sagte Masch zu Kister, als sie ihn ins Vorzimmer begleitete und mit stillem Lächeln sah, wie er ihr zärtlich und lange die Hände küsste. »Auf Wiedersehen.«

Als er aber eine halbe Werst vom Hause der Perekatows entfernt war, erhob er sich in seinem Wagen und begann mit dunkler Unruhe nach erleuchteten Fenstern zu spähen. Aber das ganze Haus war schon dunkel wie ein Grab.

XI

Am andern Tag, gegen elf Uhr früh, kam Kisters Sekundant, ein alter, verdienter Major, zu ihm, um ihn abzuholen. Der gute Alte brummte, kaute an seinem grauen Schnurrbart und wünschte Awdej Iwanowitsch jedes Übel.

Der Wagen fuhr vor. Kister übergab dem Major zwei Briefe: einen an die Mutter und einen an Mascha.

»Wozu das?«

»Man kann nicht wissen.«

»Unsinn! Wir schießen ihn nieder wie ein Rebhuhn.«

»Es ist immerhin besser.«

Der Major steckte sich ärgerlich beide Briefe in die Seitentasche seines Waffenrocks.

Весь вечер Кистер был весел, может быть слишком весел.

Маша много играла на фортепьянах, ничего не предчувствовала и мило с ним кокетничала. Сперва ее беспечность огорчала его, потом он эту самую беспечность Маши принял за счастливое предсказание – и обрадовался и успокоился. Она с каждым днем более и более к нему привязывалась; потребность счастия в ней была сильнее потребности страсти. Притом Авдей отучил ее от всех преувеличенных желаний, и она с радостию и навсегда отказалась от них. Ненила Макарьевна любила Кистера как сына. Сергей Сергеевич, по привычке, подражал своей жене.

– До свидания,– сказала Кистеру Маша, проводив его до передней и. с тихой улыбкой глядя, как он нежно и долго целовал ее руки.

– До свидания, -с уверенностью возразил Федор Федорович, -до свидания.

Но, отъехав с полверсты от дома Перекатовых, он приподнялся в коляске и с смутным беспокойством стал искать глазами освещенные окна… В доме все было уже темно, как в могиле.

XI

На другой день, в одиннадцатом часу утра, секундант Кистера, старый, заслуженный майор, заехал за ним. Добрый старик ворчал и кусал свои седые усы, сулил всякую пакость Авдею Ивановичу… Подали коляску. Кистер вручил майору два письма: одно к матери, другое к Маше.

– Это зачем?

– Да нельзя знать…

– Вот вздор! мы его подстрелим, как куропатку.

– Все же лучше…

Майор с досадой сунул оба письма в боковой карман

»Wir fahren.«

Sie brachen auf. Im kleinen Wald, zwei Werst von Kirillowo, erwartete sie Lutschkow mit seinem Sekundanten und früheren Freund – dem parfümierten Adjutanten. Das Wetter war herrlich, die Vögel zwitscherten friedlich; in der Nähe des Waldes pflügte ein Bauer seinen Acker. Während die Sekundanten die Distanz abmaßen, die Barrieren absteckten und die Pistolen untersuchten und luden, sahen sich die Gegner gar nicht an. Kister ging mit sorglosem Ausdruck auf und ab und fächelte mit einem abgerissenen Zweig; Awdej stand unbeweglich mit gekreuzten Armen und gerunzelten Brauen. Nun kam der entscheidende Augenblick. »Fangen Sie an, meine Herren!« Kister trat rasch an die Barriere, war aber noch keine fünf Schritte gegangen, als Lutschkow schon schoss.

Kister erzitterte, machte noch einen Schritt, wankte und senkte den Kopf ... Seine Knie knickten ein, er fiel wie ein Sack ins Gras.

Der Major stürzte auf ihn zu.

»Ist es möglich? ...« flüsterte der Sterbende.

Awdej näherte sich dem Toten. Sein finsteres und abgemagertes Gesicht zeigte den Ausdruck eines wütenden, erbitterten Mitleids. Er sah den Adjutanten und den Major an, senkte wie schuldbeladen den Kopf, stieg schweigend in den Sattel und ritt im Schritt zur Wohnung des Oberst.

Mascha lebt noch heute.

своего сюртука.

– Едем.

Они отправились. В небольшом лесу, в двух верстах от села Кириллова, их дожидался Лучков с своим секундантом, прежним своим приятелем, раздушенным полковым адъютантом. Погода была прекрасная; птицы мирно чирикали; невдалеке от леса мужик пахал землю. Пока секунданты отмеривали расстояние, устанавливали барьер, осматривали и заряжали пистолеты, противники даже не взглянули друг на друга. Кистер с беззаботным видом прохаживался взад и вперед, помахивая сорванною веткою; Авдей стоял неподвижно, скрестя руки и нахмуря брови. Наступило решительное мгновение. «Начинайте, господа!» Кистер быстро подошел к барьеру, но не успел ступить еще пяти шагов, как Авдей выстрелил. Кистер дрогнул, ступил еще раз, зашатался, опустил голову… Его колени подогнулись… он, как мешок, упал на траву. Майор бросился к нему… «Неужели?» – шептал умирающий…

Авдей подошел к убитому. На его сумрачном и похудевшем лице выразилось свирепое, ожесточенное сожаление… Он поглядел на адъютанта и на майора, наклонил голову, как виноватый, молча сел на лошадь и поехал шагом прямо на квартиру полковника.

Маша… жива до сих пор.